AF204374

Tucholsky Wagner Zola Scott Sydow Freud Schlegel
Turgenev Wallace Fonatne
Twain Walther von der Vogelweide Fouqué Friedrich II. von Preußen
Weber Freiligrath Frey
Fechner Weiße Rose von Fallersleben Kant Ernst Frommel
Fichte Richthofen
Hölderlin
Engels Fielding Eichendorff Tacitus Dumas
Fehrs Faber Flaubert
Eliasberg Ebner Eschenbach
Feuerbach Maximilian I. von Habsburg Fock Eliot Zweig
Ewald Vergil
Goethe Elisabeth von Österreich London
Mendelssohn Balzac Shakespeare Dostojewski Ganghofer
Lichtenberg Rathenau Doyle Gjellerup
Trackl Stevenson Tolstoi Hambruch
Mommsen Lenz Hanrieder Droste-Hülshoff
Thoma von Arnim
Dach Verne Hägele Hauff Humboldt
Karrillon Reuter Rousseau Hagen Hauptmann Gautier
Garschin
Damaschke Defoe Hebbel Baudelaire
Descartes Hegel Kussmaul Herder
Wolfram von Eschenbach Dickens Schopenhauer Rilke George
Bronner Darwin Melville Grimm Jerome Bebel Proust
Campe Horváth Aristoteles Voltaire Federer Herodot
Bismarck Vigny Barlach Heine
Gengenbach
Storm Casanova Tersteegen Grillparzer Georgy
Chamberlain Lessing Langbein Gilm Gryphius
Brentano Lafontaine
Strachwitz Claudius Schiller Schilling Kralik Iffland Sokrates
Katharina II. von Rußland Bellamy Raabe Gibbon Tschechow
Gerstäcker
Löns Hesse Hoffmann Gogol Wilde Vulpius
Luther Heym Hofmannsthal Klee Hölty Morgenstern Gleim
Roth Heyse Klopstock Kleist Goedicke
Luxemburg Puschkin Homer Mörike Musil
La Roche Horaz
Machiavelli Kierkegaard Kraft Kraus
Navarra Aurel Musset Moltke
Nestroy Marie de France Lamprecht Kind Kirchhoff Hugo
Laotse Ipsen Liebknecht
Nietzsche Nansen Ringelnatz
Marx Lassalle Gorki Klett Leibniz
von Ossietzky May Irving
vom Stein Lawrence
Petalozzi Knigge
Platon Kafka
Sachs Pückler Michelangelo Kock
Poe Liebermann Korolenko
de Sade Praetorius Mistral Zetkin

Der Verlag tredition aus Hamburg veröffentlicht in der Reihe **TREDITION CLASSICS** Werke aus mehr als zwei Jahrtausenden. Diese waren zu einem Großteil vergriffen oder nur noch antiquarisch erhältlich.

Symbolfigur für **TREDITION CLASSICS** ist Johannes Gutenberg (1400 — 1468), der Erfinder des Buchdrucks mit Metalllettern und der Druckerpresse.

Mit der Buchreihe **TREDITION CLASSICS** verfolgt tredition das Ziel, tausende Klassiker der Weltliteratur verschiedener Sprachen wieder als gedruckte Bücher aufzulegen – und das weltweit!

Die Buchreihe dient zur Bewahrung der Literatur und Förderung der Kultur. Sie trägt so dazu bei, dass viele tausend Werke nicht in Vergessenheit geraten.

Vom Peperl und von andern Raritäten

Ernst von Wolzogen

Impressum

Autor: Ernst von Wolzogen
Umschlagkonzept: toepferschumann, Berlin

Verlag: tredition GmbH, Hamburg
ISBN: 978-3-8424-1320-7
Printed in Germany

Ziel der TREDITION CLASSICS ist es, tausende deutsch- und
fremdsprachige Klassiker wieder in Buchform verfügbar zu
machen. Die Werke wurden eingescannt und digitalisiert. Dadurch
können etwaige Fehler nicht komplett ausgeschlossen werden.
Unsere Kooperationspartner und wir von tredition versuchen, die
Werke bestmöglich zu bearbeiten. Sollten Sie trotzdem einen Fehler
finden, bitten wir diesen zu entschuldigen. Die Rechtschreibung der
Originalausgabe wurde unverändert übernommen. Daher können
sich hinsichtlich der Schreibweise Widersprüche zu der heutigen
Rechtschreibung ergeben.

Der Peperl

»Also gengas zu, Frau Oberexpediter, morgen in der Fruah fahr'n mir auf Starnberg mit der ganzen liaben Famülie und Sö schenken uns die Ehr' und san mit von der Partie, gell'ns?«

»Sö san wirkli sehr liebenswürdig, mei liabe Frau Brandl; wenn ma nur mit'm Wetter a biß'l a Sicherheit hätt.«

»Oh, ich bitt' Ihna, Frau Oberexpediter, mir ham an Barometer, der ganz richtig zoag'n tut, und wissen's, der war an ganzen Sommer no net so hoch wie heut.«

»Ja mei, a Barometer! In ganzen heurigen Sommer hat's g'regn't und allweil nix als g'regn't; ob der Barometer heroben oder herunter, g'standen is, dös war alles oans. Der kennt sich bei die jetzigen unsichern Zuaständ' des irdischen Jammertals gerad aso wenig aus, wia der Laubfrosch und 's Wettermandl und alle sunstigen Heilinga und Propheten. Aber wissen's was, Frau Brandl, i wer' g'schwind amal bei mein' Schwiegersohn nachschaun, was der Peperl sagt.«

»Was is jetzt dös für a Peperl?«

»Der Peperl? Oh mei, kenna 's an Peperl net? Sö kenna do mein Schwiegersohn? Dös is der Herr Charkutier Gschwendtner – no, an Gschwendtner in der Rotenturmstraß wern's do kenna?«

»No freili. A recht a feiner Mann is dös, dös muaß ma sag'n, und a schens G'schäft haben's a, dö Leit. Aber i moan, dö G'schwendtnerischen hab'n gar koan Buam net?«

»Na – an Buam haben's freili net.«

»Ja, was is denn nacha der Peperl för oaner, Frau Oberexpediter? A Madl kann's do a net sei.«

»Na, Frau Brandl, do haben's recht, a Madl is freili net.«

»Ah, gengas zu, Frau Oberexpediter, dös war do scho was Kurioses! Peperl hoaßt er und koa Bua is net und koa Madl a net. Der Herr Schwiegersohn werd do net am End' gar an Butzi oder 's Mietzl Peperl hoaßen?«

»Na, na, Frau Brandl. Hehe, der Peperl, schaug'n's ... Ja freili, wenn's dö G'schicht vom Peperl net kenna tun ... seg'n's, der Peperl is halt, was ma sagt ... Hehe! I woaß net recht, wia ma's hoaßt.«

»Ja mei, Frau Oberexpediter, Sö werd'n ja ganz rot? Ah, gengas zu, dös is do g'spaßig, so sag'n Sö 's do. Do muaß ma wirkli spitzen. Also was is jetzt mit dem Peperl?«

»Hehe, in an Glaserl sitzt er, hihi! I hab' g'moant, dö G'schicht vom Peperl war in der ganzen Stadt München bekannt; aber wenn So 's net wissen ... nacha hören's zua: Seg'n's, mir hab'n so a Freud' g'habt, daß mei Tochter, dö Zenzl, dös Glück hat und den Charku- tier dawischt. Dös is a schener Mann und a kräftiger Mann. Im Gie- singer Stemmklub hat er an ersten Preis kriagt, wissen's, und mei Madl, dös war a sauber und g'sund. I hab' allwei zu der Zenzl g'sagt: ›Du Zenzl, hab' i g'sagt, jetzt schau, daß i bald Großmutter werd'. Ös habt's es dazu, 's Geschäft geht guat. Also was wollt's jetzt no länger warten? Brauchst net denka, daß vom Warten d' Kinder besser wer'n.‹

›Zwegen meiner! An mir liegt's net, Muatter!‹ gibt ma dö Zenzl zur Antwort.

›No, wer is denn nacha schuld? Von dein Schorschl möcht i so eppas schon gar net glaub'n.‹ Mei Schwiegersohn, der Gschwend- tner, schreibt sich nämli mit'm Vornama Schorschl. No und was glauben's daß mei Tochter auf dö vertrauliche Anfrag' für an Ant- wort hat? Zum lacha hat's ang'fangt und nacha gibt's ma so an Stup- fer in d' Seit'n, hebt sich an Arm auf über d' Augen und schiagelt aso recht verschlag'n drunter raus. ›Geb zua,‹ sagt der Lump zu mir, ›in Anbetracht des Schorschels, do feit sich nixn. Im Gegenteil. Mir san uns sogar schon einig drüber, daß er Peperl hoaßen soll.‹ – ›Sehr schmeichelhaft für mich, meine Herrschaften,‹ sag ich – ich hoaß nämlich sölber Pepi, wenn Sös vielleicht net wissen, Frau Brandl – ›Aber woher wißt's denn ös, meine Herrschaften, daß 's überhaupts a Bua werd'?‹

›No,‹ sagt mei Tochter, ›wann's a Madl is nacha hoaßen ma's halt Pepi.‹«

»Is doch a rechte Freud', Frau Oberexpediter, wenn ma solchene guate Kinder hat, dö net auf die Ehr' vergessen, wos ihren Eltern schuldig san. Aber jetzt woaß i allwei no net, was dös mit den Peperl für a G'schicht is.«

»Also geb'n's Obacht, mei Liabe, glei werd' der Peperl kemma. Dös dauert oan Jahr und no a Jahr und no a dritt's Jahr, und jedesmal, daß i mei Tochter sieg, frag' ich's: No, Zenzl, wia is mit'm Peperl? und allawei krieg' i koa andre Antwort als grad' nur die gleiche: ›Nix is, Muatter, nix is.‹ Und z'letzt is ma dös arme Ding, dö Zenzl, ganz blaß und elend word'n und hat allwei glei zum flenna ang'fangt, bald i kemma bin. Endlich – in letzten Sommer is g'we'n, kommt der Schorschl, der Charkutier, wissen's am Abend no ganz spät um halber zehni zu mir g'rennt und schnauft und schnauft und bringt's endlich amal raus: ›Frau Schwiegermutter,‹ sagt er, ›jetza hammer's! Jetzt kriag'n ma endlich unsern Peperl, auf dem ma so lang schon paßt ham!‹

»No, i sag' Ihna, Frau Brandl, was dö Leut' für a Freud' g'habt ham, net zum glauben is! Dö Zenzl hat glei mit der Kindswasch ang'fangt und sich acht Tag' lang a Stöhrnäherin ins Haus g'setzt. So schöne Hemerln und Kitterln hab'n's herg'richt' und auf jed's Windl sogar ham's J. G. naufg'stickt – dös hat nacha nach Belieben Josef oder Josefine Gschwendtner hoaßn kenna. Und der Schorschl, dös is wirklich an erbaulich's Muster von an zünftigen Ehemann g'we'n. Dö Zenzl hat nimmer im Laden stehn derfa, nur daß 's sich koan Schad'n net tuat, an extriga Bedienung hat er ihr ang'nomma und a Fräul'n für'n Laden no obendrei! Nix is eam z'teuer g'we'n, wann dö Zenzl an Gusto nach epps kriagt hat. A Leb'n hat's führ'n derfa, wia a Gnädige, sag' i Eahna! Aber was hat's g'holfa? Nixen. Im vierten Monat is es Zenzl ganga, da fallt's richtig d' Stiegen nunter – und nacha war's gar mit der Freud'! I sag' Eahna, Frau Brandt, rein zum Derbarmen war's, wia dös arme Hascherl in sein Bett g'leg'n is und der Schorschl hat g'flennt um sein Peperl und daß der sei' Zeit net hat abwarten mög'n. – Jetzt hat sich dös g'rad' aso troffa, daß um diesölbe Zeit mei zwoate Tochter in d' Wochen kemma is und i hab' müessen nach Ingolstadt fahr'n, zur Pfleg', wissen's. Um dö Zenzl hab' i ma weiters keine großen Sorgen g'macht, denn der Schorschl hat an rechten guaten Dokter g'habt und hat ma's in d' Hand versprochen, daß er's an nix fehl'n lasset. Über vier Wochen bin i erst wieder hoam kemma na München, und mei erster Gang, dös kennas Ihna denken, war zu mein' Charkütier Schwiegersohn. Mei'

Tochter, mei' Zenzl, dö is scho wieder ganz beinand g'we'n, a biß'l blaß halt no, aber sunst ganz graupig. Z'erst hat's ma an Kaffee vorg'setzt und sölber backene Nudeln und dernoh hat's mich bei der Hand g'nomma, so recht feierlich und geheimnisvoll, und hat mich in ihr Schlafzimmer g'führt. Denken's Eahna, Frau Brandl, dö Überraschung! No, i sag' Eahna, Sö hätt'n Eahna grad' aso derschrocken, wia i. Im Eck beim Fenster, just neben dem Waschtisch hab'n's a vergold'te Konsol' aufg'nagelt und auf dera Konsol' san zwoa lange dünne Firmkerzen mit weiße Atlasschleifen in so silberne Glasleuchter g'standen und zwoa kloane Vaserln mit künstliche Blumen und in der Mitten – So werd'n Eahna denka a Heilingabüld, a kloane Lourdmadonna oder so was – – dös hab' i z'erscht a g'moant. Ich hab' an Glassturz g'seg'n und was drunter. Dös hat grad' ausg'schaut, wia so a schen g'malner heiliger Verehrungsgegenstand. Aber wia i näher hinschaug – Herrgott im Himmel, do hat's mi glei ganz g'rissen! I hab' an lauten Schroa to – a so hab' i mi derschrock'n. ›Jessas, Jessas, Zenzl,‹ hab' i geschrian, ›was is denn jetzt dös in den Glasl do?‹ ›Dös is der Peperl, Muatter,‹ hat's gesagt. ›Schau, über drei Jahr' ham mir aufn Peperl paßt und ham a solchene Freud' g'habt, daß mir'n endlich kriageten, und – wia nacha dös große Unglück über uns kemma is, do hat mei Schorschl ganz hoamlich dös arme Hascherl wies ganga und g'stand'n is auf d' Seiten bracht und hat der Frau Gigl vorg'log'n, er hätt's scho eingrab'n. Nacha ham ma's in an doppelt g'reinigten Spiritus g'setzt in dös Einmachglas und der Schorschl hat a Schweinsblas'n recht fest drüber bunden. Woaßt, der Schorschl moant, in dem Zustand haltet er sich für d' Ewigkeit. Schaug'n an, Muatter, den armen Hascher, war dös net a rechter herziger Schneck worn, wann er sich nur d' Zeit lassen hätt'? O, du mein zuckriger Peperl du!‹«

»Jessas, Maria und Joseph! Frau Oberexpediter, i moan, dös war scho sündhaft, mit dö Kerzeln und was alles g'sagt ham. Dös hoaßt ma an Götzendienst treib'n. So was hätt' i meiner Tochter net erlaubt.«

»Ja, mei liabe Frau Brandl, dös is scho recht; ich gib Eahna dö Versicherung, mir is üb'i word'n im ersten Augenblick. Aber nacha, wia i g'seg'n hab', daß dö Leut'ln an solchen Trost g'schöpft hab'n aus dem Einmachglasl, nacha hab' i ma denkt: Wenn's unsern Herrgott eppa net recht is, nacha werd' er scho Mittel und Weg' finden, den mißliebigen Gegenstand zu beseitinga.«

»Ja, war's denn jetzt wirklich a Bua?«

»Wissen's, Frau Brandt, für g'wiß möcht' i dös net sag'n, aber dö Leut'ln, dö Gschwendtnerischen, ham sich halt aso auf a Buam g'spitzt, daß s' nacha g'moant ham, dös Ding war amal a Bua worn und wer dös net seg'n könnt', daß dös a Bua war, der kunt sich nur högstens mit mangelhafte Kenntnis in der Naturg'schicht entschuldinga. S' ham'n an halt Peperl g'nennt, und so is dös ganze Haus und dö Famülie allmählich dro g'wöhnt worn und mir ham alle vom Peperl g'redt, wir wann er lebig umanand hupfet. Und wann's Zenzl zu mir auf B'such kemma is, nacha hab' i allawei z'erscht g'fragt: No, Zenzl, wia geht's an Peperl? Immer so schen staat weiter?

No, und denkas Eahna, Frau Brandl, eines Tags amal, dös muaß in letzten Herbst g'we'n sei, da kommt dö Zenzl ganz aufg'regt zu mir und sagt: ›Muatter, i muaß der was sag'n; i woaß net, was mit'm Peperl is! Er schaugt so dumm! Der Schorschl hat g'moant, mir sollt'n amal an Dokter frag'n.‹ – No, wissen's, Frau Brandl, i hab' mei Zenzl net kränken woll'n, aber da hab' ich do lacha müass'n. An Dokter holen, um so a Menscherl, so a verunglückt's, in Spiritus, i bitt' Eahna!«

»O mei, o mei! Was für närrische Menschen laufen bloß auf der Welt umanander! Ja sag'n's, Frau Oberexpediter, ham's denn wirklich an Dokter g'halt?«

»Ja, dös glaub'n's! Der Schorschl ist halt a seltsamer Mensch. Dem hat's koa Ruh' net lass'n, daß sei Peperl so dumm zum Schaug'n ang'fangen hat. Er is richtig zum Dokter in d' Sprechstund' ganga mit sei'm Haferlbuam und der Herr Dokter hat sich müass'n den Ding beaug'nscheininga. Dö Zenzl hat ma's nacha alles erzählen müess'n. A Mordsgaudi hat der Dokter g'habt und g'lacht hat er, daß eahm der Bauch g'wackelt hat, und nacha hat er eahna den Zustand fein ausananderklaubt: Indem, daß nämlich die Feuchtigkeit in der Luft dö Gefäße des Peperls ausdehnt, wohingegen bei eintretender Trockenheit dieselbigen sich wieder zusammenzieheten und überhaupt der auf die Schweinsblasn ausgeübte Luftdruck, seg'n S' – no – und so weiter, Ganz genau hab' i dö G'schicht sölber net verstand'n, aber jedenfalls hat er eine wissenschaftliche Erklärung für dö sichtbare Veränderung in den G'sichtszügen des Peperl abgeb'n. No, und wia dös meine Leut' amal bewußt worn san, daß der Peperl allemal aso dumm schaugt, wann scheen's Wetter wird, hingegen, wann's eppa regne will, sei Gorscherl bis zu dö Ohrwascheln auffaziagt, wia wenn er lachet, – no, so haben's 'n halt als Barometer ang'stellt. Und seg'n's, Frau Brandt, der Peperl hat uns no nia net falsch bericht'. I gib was aufm Peperl seine Sprüch'! Es is ja a net weiters merkwürdig; denn seg'n S', der Peperl war halt doch beinah' a menschlich's Wesen worn und dö andern Barometer san doch nur aus Glas und totem Metall z'sammg'macht. Also, mei liabe Frau Brandt, jetzt schaug ich, wia g'sagt, amal nei zu dö Gschwendtnerischen und wann der Peperl grad' recht schö' saudumm schaugt, nacha fahr' i morg'n mit Eahna auf Starnberg. Pfüat Eahna Gott, Frau Brandl! Hab' die Ehr'.«

Die taubstumme Katze

Ich kann es nicht leugnen, daß mein Herz ein wenig zu lebhaft klopfte, als ich das schmucke kleine Café in der *Via due Macelli* zum ersten Male wieder betrat, in welchem ich bei meiner letzten Anwesenheit in Rom so manchen lieben Abend in fröhlicher Gesellschaft deutscher Künstler verbracht hatte. Ich wußte, daß mehrere von den damaligen Stammgästen inzwischen die ewige Stadt verlassen hatten; aber eine Anzahl der alten Zechgenossen waren sicher noch hier – und dies war die Stunde, in der wir allabendlich in der »taubstummen Katze« zusammenzukommen pflegten.

Auf diesen seltsamen Namen war einst von uns das kleine Café getauft worden zu Ehren unseres Lieblings Kleopatra, einer ungewöhnlich großen, grauen Katze, welche, obwohl sie schon in früher Jugend das Unglück gehabt hatte, taub zu werden, dennoch von ihrer angeborenen Liebenswürdigkeit nichts eingebüßt hatte. Daß wir sie überdies noch für stumm erklärten, war vielleicht zu weit gegangen. Doch hatte tatsächlich außer ihrem seelenvollen Schnurren niemand von uns jemals einen Laut aus ihrem Mäulchen vernommen.

Ich will es nur gleich gestehen; mein Herzklopfen, als ich, die Hand schon auf die Türklinke gelegt, noch ein kleines Weilchen auf der Schwelle zögerte, galt doch nicht so sehr der gespannten Erwartung auf die Freunde, die ich hier wiederzusehen hoffte, als vielmehr dem lebhaften Verlangen, wieder einmal den seidenweichen Pelz meiner taubstummen Freundin Kleopatra streicheln und – dabei ihrer schönen Herrin in die märchenhaften, süßlächelnden Augen schauen zu dürfen. So, da hätte ich es heraus. Donna Carmella war's, die mir das Herzpochen verursachte. Zwar konnte ich mich nicht rühmen, in einem irgendwie näheren Verhältnis zu ihr gestanden zu sein, als irgend ein anderer von uns neun Germanen, die wir wohl allesamt gleichermaßen für die wunderbar schöne Kaffeeschänkin schwärmten – mit einer reinen Begeisterung, wie eben nur anständige Künstler (und das waren wir alle!) sie für ein schönes Weib empfinden können. Wir pflegten in geschlossenem Trupp nach Beendigung unseres späten *branzo* hier einzurücken und uns, in einer Reihe dicht aneinander gerückt wie Schwalben auf einem Telegraphendraht, auf der die ganze Wand entlang laufenden, recht schmalen Polsterbank niederzulassen, wenn irgend möglich dem Schanktisch gerade gegenüber, hinter dem die entzückende Padrona thronte. In eingliedrigem Reihenmarsch zogen wir an ihr vorüber, jeder mit seinem lieblichsten Lächeln und seinen einschmeichelndsten Tönen sein *»buona sera, padrona!«* oder gar in besonders erhöhter Stimmung ein keckes *»come sta, bellissima Singnorai?«* mit artiger Kopfneigung hervorstammelnd. Und unser würdiger Freund, der Bildhauer Gabriel Wenglein, der, obwohl er ein echter Oberbayer war, sich eines mächtigen schwarzen Knebelbartes erfreute, um den ihn jeder italienische Wachtmeister beneiden konnte, dieser Gabriel Wenglein, der in der Stummheit mit der berühmten Kleopatra wetteiferte, genoß das Vorrecht, dem üblichen Gruße noch ein sanft gegrunztes *»e permesso?«* hinzufügen zu dürfen, womit er seine mächtigen Tatzen flach über den Tisch hinweg streckte, um regelmäßig die halb schlummernde und wohlig spinnende Kleopatra ausgehändigt zu erhalten. Und dann, wie gesagt, pflegten wir uns mit kehrt – schwenkt – marsch gegenüber aufzupflanzen und nach einigen geistvollen Aphorismen über Kleopatras körperliche wie seelische Reize mit hintüber an die Wand gelehnten Häuptern in die still bewundernde Betrachtung unseres entzückenden Gegenübers zu versinken, während Gabriel Wenglein die taubstumme Katze auf seinem Schoße halten und ihr den seidenen Pelz krauen durfte. Welch ein berauschender Gedanke, dies begnadete Tier, das ihre schlanken Finger hypnotisiert, das ihr Schoß gewärmt hatte, nun selber hegen und hätscheln zu dürfen, ehe es noch durch profane Hände gegangen oder seinen geschmeidigen Leib etwa gar in gemeiner Kellerluft abgekühlt hatte! Wir beneideten ihn um sein Glück, ja gewiß! Aber wir waren Männer und bargen unsere Mißgunst tief im Busen, weil die Gerechtigkeit uns zu dem Zugeständnis nötigte, daß von uns allen er solches Vorzuges am würdigsten sei als der älteste und ernsthafteste ihrer stillen Anbeter. Wir andern acht neckten uns wohl einmal nach lockerer Männer Art, sobald wir dem Dunstkreise der schönen Zauberin entronnen waren; aber Meister Gabriel, der schweigsame, finsterblickende, blieb von jeglichem Spott verschont; denn wir wußten, wie tief ihm der Pfeil im Fleische saß.

Warum keiner von uns ein weiteres wagte? War sie denn gar so ehrfurchtgebietend unnahbar? Besaß denn keiner von uns den Mut zur Sünde? Oh ... aber sie hatte einen Gatten, und dieser Gatte war eine Bestie, einfach eine Bestie, eine kleine, lauernde, schwarzstruppige, verbissene Bestie! Ein Kerl, dessen Augen spitze Dolche blitzen ließen, so oft er Carmella lächeln sah, und dem man nachsagte, daß er sie mindestens einmal die Woche durchbläue, um ihr die rechte Liebe zur Tugend einzuimpfen. Arme Carmella! Jedes kühnere Wort, jeder heißere Blick von uns hätte deiner weißen Haut nur noch etliche blaue Flecke mehr eingetragen! Und wir waren, wie gesagt, nicht nur Männer, sondern sogar anständige Künstler! –
– –

Ich trat ein. O schade, schade! Kein bekanntes Gesicht, weder hinter dem Schenktisch, noch auch auf den berühmten schmalen Polsterbänken. Ein paar triste Philister löffelten hinter den Marmortischen ihren Kaffee und hörten mit gelangweilten Gesichtern und halbem Ohre der fließenden Rede eines sehr großen und schlanken Herrn zu, welcher mit seinem halben Liter Marino allein an der linken Wand des kleinen Lokals saß, offenbar absichtlich von den übrigen Gästen gemieden.

Ich nahm in der Nähe des eifrigen Redners Platz und vertiefte mich in die Betrachtung seines höchst anziehenden Charakterkopfes. Ein herrlicher Langschädel, kurz gelocktes, graues Haar, eine hohe, ausgearbeitete Stirn, die Augen schon etwas tief in die Höhlen versunken, aber leuchtend in fast fanatischer Glut, der ausdrucksvolle Mund und das scharfknochige Kinn, nicht verdeckt durch den kurzen, gesträubten Schnurrbart und die Fliege an der Unterlippe. Der Mann hatte ein prachtvolles Organ und sprach ein bezauberndes Italienisch. Er redete den elegantesten Leitartikel von der Welt. Die gewähltesten Wendungen und Vergleiche flossen ihm glatt von den Lippen wie etwas ganz Selbstverständliches. Da er wundervoll artikulierte, verstand ich jedes Wort.

»Was ist Rom? Eine Weltstadt? Pah! Ein Sitz der Intelligenz? Der Intelligenz des Auslandes – ja vielleicht! Haben wir einen Großhandel? Haben wir eine Industrie, die einem gebildeten Europäer *fin de siècle* irgendwelche Achtung abnötigen könnte? O ja, wir fabrizieren billige Andenken zum Mitbringen für die Fremden, falsche Peilen,

Eidechsen und Katakombenlämpchen von Blei, mit einem ausgegrabenen Anstrich – auch sollen unsere Flickschuster ganz besonders talentvolle Leute sein – wir photographieren jeden alten Stein, den die Invasionen der Barbaren so freundlich waren, noch auf dem andern liegen zu lassen – zu fünfzig Centesimi das Stück, im großen billiger – wir sind wie eine alte Schachtel, die ihre Eitelkeit mit der Erinnerung an verblichene Reize futtert. Ja wahrhaftig eine alte Schachtel, oder noch besser gesagt eine Kiste, eine großmächtige alte Plunderkiste, mit einigen recht sehenswerten alten Erbstücken dazwischen – ei gewiß, ich will es ja gar nicht leugnen! Immer 'ran, meine Herrschaften, hier ist zu sehen die kapitolinische Venus, an die zweitausend Jahre alt, aber immer noch schön und splinternackt vom Scheitel bis zu den Zehen! Sie läßt sich ganz leicht herumdrehen, falls Sie sie auch von hinten zu besichtigen wünschen. Hier sind zu sehen die Loggien und die Stanzen des berühmten Raffael – Sehenswürdigkeit ersten Ranges, einzig in ihrer Art! Immer 'ran meine Herrschaften!«

Und die Herren Philister hörten das alles ruhig mit an, blinzelten einander mit kaum merklichem Lächeln zu, nickten aber doch gedankenvoll mit dem Kopfe und murmelten so etwas wie ein halbes Zugeständnis, sobald sein flammender Blick einen von ihnen traf.

Es war dem Graukopf nicht entgangen, daß ich seiner bitteren Beredsamkeit aufmerksamer lauschte, als diese gedankenlose Gesellschaft da, und als er nun fortfuhr, hielt er den Blick fest auf mich gerichtet: »Was sehen Sie Besonderes, wenn Sie mit dem Scharfblick eines wißbegierigen Reisenden in unseren Straßen spazieren? Was fällt Ihnen am meisten auf, meine ich. Vielleicht die paar Ciuciaren, die auf der spanischen Treppe posieren? Doch wohl nur nebenbei! Hauptsächlich die Pfaffen, nicht wahr? Junge Pfaffen in Scharen auf die Weide getrieben, alte Pfaffen, vornehme Pfaffen in prächtigen Kutschen, Pfaffen in Scharlach, Pfaffen in Violett, in Blau, in Weiß, in Grau, in Schwarz, in allen Farben des Regenbogens! O, es ist ein Schauspiel, nicht wahr? Es schmeckt so nach der großen Oper – im Finale stürmen sie alle zusammen vorn nach dem Souffleurkasten – *unisono, fortissimo: anathema, und gloria!* Äh! Hol' mich der Teufel! Das ist das befreite Rom, das ist die ewige Stadt!«

Er schenkte sich das letzte Glas aus seiner Karaffe ein und tat einen Schluck. Die Philister benutzten die gute Gelegenheit, um, Achseln und Augenbrauen hochziehend, einander zuzulächeln.

Da schritt langgestreckten Leibes, würdevoll, eine große, graue Katze quer durch das Zimmer.

»Kleopatra!« rief ich unwillkürlich ziemlich laut, indem ich mich mit langem Halse über den Marmortisch beugte, um ihr nachzuschauen.

»He, was?!« Fast grob warf er mir die beiden Silben entgegen, der hagere Bußprediger, indem er sein Glas niedersetzte.

»Entschuldigen Sie, die Katze da, ist das nicht Kleopatra?«

»Weiß ich nicht!« Er zog die Schultern hoch und strafte mich mit einem Blicke der Verachtung, weil ich mich mehr für eine Katze als für seine Pfaffenfeindschaft zu interessieren schien.

»O, ich meinte nur,« versetzte ich möglichst gleichgültig – »weil hier früher eine Katze namens Kleopatra existierte. Sie gehörte der Signora Carmella.«

»Kenn' ich nicht,« brummte der Herr mit einer wegwerfenden Kopfbewegung, und dann winkte er dem Kellner, zahlte und verließ, ohne jemanden zu grüßen, das Lokal.

Die Gäste lachten hinter ihm her, wie man hinter einem Narren herlacht, dem man kurz zuvor die verrücktesten Behauptungen mit schonender Bereitwilligkeit zugegeben hat. Aber ich war zu aufgeregt, um auf ihre Unterhaltung zu achten – ja wahrhaftig, geradezu aufgeregt!

Eben drückte sich das fragwürdige Tier mit hoch gekrümmtem Rücken um den Fuß des zunächst stehenden Tisches herum. »Komm, Puß, komm hier,« rief ich leise, sogar deutsch unter den Tisch, und schnippte dazu mit den Fingern.

Da spitzte die Katze die Ohren, wandte ihren Kopf mir zu, sah mich mit ihren hellgrün leuchtenden Augen prüfend an, krümmte den buschigen Schweif und – miaute gar.

O Gott, sie war weder taub noch stumm! Es war nicht Kleopatra! Der Kellner konnte mir das nur bestätigen. Aber was aus der wirklichen Kleopatra geworden war, das wußte er nicht und den süßen Namen ihrer himmlisch schönen Herrin, den hatte er nie gehört. Auch meine deutschen Landsleute, die ich ihm erkennbar genug beschrieb, erinnerte er sich nicht hier jemals gesehen zu haben. Ich wandte mich an die Dame am Büfett, eine fette Person mit gelbem Gesicht und unordentlichen Haaren, und die – die wußte etwas von der schönen Carmella. Aber sie wollte es nicht deutlich heraussagen.

»*Abbandonata – perduta*! Verlassen – verloren!« Das glaubte ich zu verstehen, und dabei zog die Person ihre dicken Brauen in die Höhe und lächelte halb mitleidig, halb boshaft. Der Gatte sei nach Afrika ausgewandert, sagte sie, und auf alle übrigen Fragen antwortete sie nur immer: »Das weiß ich nicht!«

Ich zahlte und ging, verstimmt und niedergedrückt.

Es war zu spät, um etwa noch einen meiner alten Bekannten in der Wohnung aufzusuchen, aber auch zu früh, um schon nach Hause zu gehen. Ich schlenderte also durch das Gewirre enger Gassen dem Korso zu, um noch in einem der großen Cafés ein Eis zu essen und mich an dem lustig frivolen Treiben zu ergötzen, das sich in lauen Nächten dort zu entwickeln pflegt. Als ich nach etwa zwanzig Minuten den Korso noch nicht erreicht hatte, merkte ich, daß ich mich verlaufen haben müsse. Ich hatte den Andeutungen der Büfettdame nachgesonnen, und mir Carmellas Gesicht und Gestalt so recht deutlich aus meiner Erinnerung heraufzubeschwören versucht, und dabei hatte ich sowohl die Richtung verloren als auch bemerkt, daß ich gar keine so deutliche Vorstellung mehr von unserer schönen Freundin besitze.

Die Gasse war dunkel und menschenleer, niemand, der mich zurechtweisen konnte. Doch – da bog um die Ecke eine vermummte Frauengestalt und kam langsamen, schwerfälligen Ganges auf mich zu. Sollte ich sie fragen? Ach was, Weiber wissen ja nie eine klare Auskunft zu geben! Ich zögerte nur einen Augenblick. Dann ging ich an ihr vorüber. Die Gaslaterne an der andern Seite der Gasse warf ihren matten Schein über die Gestalt. Sie trug ein schwarzes Spitzentuch auf dem Kopfe und wirres dunkles Gelock fiel ihr fast bis über die Augen. Und aus diesen Augen traf mich ein Blick –

fragend, verlangend und leidvoll zugleich. Ah, das hätte ich nicht erwartet! Der Gang, die Haltung – danach sah sie doch nicht aus?

Ich war wohl schon zwanzig Schritte weitergegangen, als mir plötzlich einfiel, daß ich da im Vorüberschreiten in der Umrahmung des schwarzen Spitzenschleiers ein ungewöhnlich schönes Gesicht zu sehen vermeint hatte. Hm, ich wollte doch lieber diese da um den Weg fragen – es war ja niemand sonst in der Nähe.

Rasch hatte ich die paar Schritte zurückgetan. Ich fand sie halb sitzend auf das Eisengitter vor einem Ladenfenster gelehnt. Sie stöhnte leise vor sich hin. Mit der Linken stützte sie sich auf die Eisenstange, die schlaff herabhängende Rechte hielt ein kleines Paket.

»Entschuldigen Sie, können Sie mir sagen, wie ich ... O, Sie haben Schmerzen!«

»Es ist nichts, es geht schon vorüber,« versetzte sie mit weicher, leiser Stimme. »Nur ein bißchen schwindlig ...« Und sie versuchte zu lächeln.

Ich hatte mich nicht getäuscht. Jetzt, da ihr Lächeln den Schmerzenszug verwischte, sah ich wirklich in ein wunderschönes Gesicht.

»Wohnen Sie weit von hier? Kommen Sie, ich will Sie führen.«

»O danke, danke Ihnen, Herrchen, Sie sind so freundlich! Kommen Sie – so, kommen Sie schnell, es ist ganz nahe! Ach, das tut gut, wenn man sich stützen kann! Sehen Sie, jetzt bin ich wieder ganz flink auf den Beinen!«

Sie war auf einmal ganz munter und lebendig geworden, hing sich schwer in meinen Arm, schritt aber wirklich ganz flott aus dabei. Dann blieb sie plötzlich stehen, drückte meinen Arm fest an sich, lehnte den Kopf an meine Schulter und flüsterte, die großen Augen zu mir aufschlagend: »Liebes Herrchen!«

Und dann zog sie mich wieder fort und plauderte so eifrig auf mich ein, als ob sie eigens auf mich gewartet hätte, um mir endlich alle ihre betrübsamen Neuigkeiten mitzuteilen.

»Natürlich, eine Dienerin kann ich mir jetzt nicht mehr halten, nicht wahr? Der gute Marchese zahlt ja noch die Miete; aber essen will man doch auch, nicht wahr? Habe ich nicht recht? Signor

Pincussohn kommt auch nicht mehr. Der ist aus Berlin, wissen Sie, ein recht nobler Herr, aber der Marchese darf es nicht wissen. Auf die Straße gehen mag ich nicht am Tage. Ich muß mich ja schämen, wie ich aussehe. Da schleiche ich mich abends aus dem Hause. Sehen Sie, das bißchen Schinken habe ich mir geholt, das ist mein ganzes Abendbrot. Es ist nur gut, daß ich jetzt nicht viel Appetit habe. Nicht wahr, habe ich nicht recht? Und meine hübschen Möbel möchte ich doch nicht versetzen. Man muß etwas auf sich halten. Ich habe auch noch so schöne Wäsche, noch von meiner Aussteuer her. Hemden und Hosen, alles mit Spitzen, so hübsch, und ich gehe auch gut damit um. Aber das kann man doch alles nicht essen, nicht wahr? Was fange ich jetzt an, um Gottes Barmherzigkeit! – So, da sind wir übrigens.«

Sie ließ meinen Arm los und holte den Hausschlüssel aus der Tasche. Es war eine alte, wacklige Tür, und das Schloß machte ihr ein Weilchen zu schaffen.

»Können Sie mir nicht sagen, wie ich von hier nach dem Corso komme?« fragte ich unterdessen.

»Jesus Maria! Sie wollen mich doch nicht etwa verlassen?« rief sie und ihre prachtvollen Augen weitete das wahrhaftige Entsetzen.

»Sie laden mich ein heraufzukommen?«

»O aber – seien Sie doch ein gutes Herrchen! Ich bin ja so verlassen, so verloren! Haben Sie Erbarmen mit mir!«

Abbandonata – perduta! Da waren sie wieder, die beiden Worte, die jene dicke Büfettdame im Café gebraucht und die mit so peinlicher Frage seither in meinen Ohren nachgeklungen hatten. *Abbandonata – perduta!* Armes Geschöpf! Und wie sie mich ansah, wie es zuckte um den süßen kleinen Mund, wie ängstlich sie sich festklammerte an meinen Arm.

»*Poverina*, Ärmste!« flüsterte ich. Rascher klopfte mein Herz und ich ließ mich von ihr über die Schwelle ziehen.

Mit einem Knall schlug sie die Tür zu. Und dann in tiefster Finsternis warf sie die Arme um meinen Nacken, hob sich auf den Fußspitzen empor, küßte mich weich und innig, und noch einmal und immer wieder und jauchzte zwischen den Küssen glückselig hell wie ein Kind: »Danke, danke, danke tausendmal, gutes Herrchen!« Dann erst, nach einem letzten langen Kusse ließ sie mich los, kramte ihre Wachskerzchen hervor, schloß die Tür von innen ab und leuchtete mir dann die schmale Stiege hinauf. Im eisten Stockwerk wieder eine wacklige alte Tür, ein klappriges Schloß – und dann waren wir bei ihr.

Wir durchschritten einen Alkoven, der nur wenige Möbel enthielt, und betraten dann ihr Zimmer. Mit dienstfeuriger Hast zündete sie die Lampe an und nötigte mich, auf einem Polstersessel Platz zu nehmen.

»Warten Sie nur einen kleinen Augenblick,« rief sie listig lächelnd. »So ganz abgebrannt sind wir doch noch nicht! Sie werden gleich sehen.« Damit huschte sie hinaus.

Neugierig sah ich umher. Es war ein hübsches geräumiges Gemach. Inmitten der Längswand stand, weit ins Zimmer hineinragend, ein sehr schönes Bett – Schmiedeeisen, mit blanken Messingkugeln an den vier Ecken und einer Querstange darüber, von welcher zu beiden Seiten schneeweiße Tüllgardinen mit blauem Satin darunter herabfielen, und über das Polster gebreitet, von den spitzenumsäumten Kopfkissen halb zurückgeschlagen, eine Steppdecke von bronzefarbenem Atlas. Auch die übrigen Möbel waren sehr hübsch und geschmackvoll. Ein kokett mit Cretonne aufgeputzter Toilettentisch, eine zopfige Kommode mit zierlichen Beschlägen, und in der Ecke Sofa, Tisch, Polsterstühle. Und das alles war so nett gehalten, so frisch und sauber, wie man es in Italien nicht häufig findet.

Da war sie wieder. Sie hatte sich einen weiten Frisiermantel angezogen und das prachtvolle dunkelbraune Haar aufgelöst, daß es sich in üppigen Wellen und losen Ringeln über Nacken und Schultern ergoß. Sie brachte eine große Karaffe rötlichgelben Weines herbei, stellte ihn vor mich auf den Tisch und zwei sehr gemeine Wassergläser daneben.

»Den werden sie nicht verschmähen, er ist sehr gut. Castelli Romani, eigenes Gewächs,« sagte sie wichtigtuerisch, indem sie die Gläser vollschänkte. »Ja, was glauben Sie wohl von mir?« fuhr sie munter fort, nachdem ich den Wein gekostet und gebührend belobt hatte. »Ich bin da zu Hause und mein Vater hat ein schönes Weingut. Jetzt freilich will er nichts mehr von mir wissen, seit ich unglücklich bin. Alle verlassen sie ein armes Weib, wenn es ins Unglück kommt. Habe ich nicht recht? Den Wein hat mir mein Bruder gebracht; aber Vater darf es nicht wissen. Ach, wer doch vergessen könnte! – Stoßen Sie an! Ich möchte so gern glücklich sein!«

Wir stießen an und tranken. Und dann setzte ich mich zu ihr auf das kleine Sofa und streifte ihr den weiten Ärmel auf und heftete meine Lippen auf die Beuge ihres klassisch schönen Armes. Sie ließ es ein Weilchen geschehen – und dann bog sie den Arm zusammen, strich mir mit dem Finger durch das Haar und sagte fast wehmütig lächelnd: »Sie sind ein guter Herr, ein feiner Herr, nicht wahr ... aber erlauben Sie, daß ich jetzt meinen Schinken esse?«

Sie stand auf, holte ihr Paketchen, Brot und Messer herbei und begann ohne Teller gleich aus dem Papier zu schmausen, während sie mich eifrig zum Trinken ermunterte. Sie hockte auf der Lehne des Sofas. Ich sah zu ihr empor und ließ die dunklen Ringelsträhnen ihres Haares spielend durch meine Finger gleiten. Wie schön sie war! Und wie viel schöner mußte sie noch sein, wenn dieser Leidenszug um die Nase und um die Mundwinkel einmal verschwunden, diesem Leibe seine ursprüngliche Form zurückgegeben wäre...

Sie war meinem Blicke gefolgt. Denn plötzlich warf sie das Messer hin, sprang auf und raffte den Frisiermantel fester um sich. Mit einem bitteren Lächeln blickte sie an sich hinab und rief: »Sehen Sie es jetzt? Das ist schrecklich, nicht wahr? Und wissen Sie, was das Schlimmste dabei ist? – Ich bin verheiratet! Mein Mann ist ein Tier, ein böses, wildes Tier! Er muß mich behext haben, daß ich ihm aus lauter dummer, blinder Liebe gefolgt bin, Vater und Mutter zum Trotz, die es ganz anders mit mir beschlossen hatten. Vier Jahre haben wir miteinander gelebt und keine Kinder gehabt. Geschlagen und gestoßen hat er mich, wie einen Esel, und geplagt mit Eifersucht. Weil ich schön war, kamen die Gäste zu uns und nickten mir freundlich zu, und er, das böse Tier, er steckte das Geld, das ich ihm einbrachte, in seine Tasche und schlug mich dann dafür, daß ich den Herren Augen machte. Und dann, am Anfang des fünften Jahres, wie mir so schlecht wurde und die Gevatterin sagte, daß ich wohl so weit sein müßte, da wütete er wie ein wildes Tier, das er ist, und stieß mich aus dem Hause, weil er meinte, es könnte nicht von ihm sein, – und ich habe es doch bei Gott und allen Heiligen beschworen! Dann verkaufte er das Geschäft und ging nach Afrika. Da hat er einen Bruder wohnen, einen reichen Kaufmann, und mir ließ er nichts zurück als das da!« Und sie schlug sich wütend mit den flachen Händen auf den Leib, während ihr zugleich die Tränen aus den Augen stürzten.

Ich suchte sie zu beruhigen, so gut mein mangelhaftes Italienisch mir das gestattete. Sie setzte sich aufs Sofa, lehnte den Kopf an meine Schulter und ließ ihren Tränen freien Lauf.

Da auf einmal rief sie – ich glaubte nicht recht zu verstehen – rief sie und lachte dazu bitter auf: »Und das alles um eine Katze! Es ist wirklich lächerlich. Um eine taube Katze noch dazu!«

»Carmella – Signora Carmella! Seid Ihr es wirklich selber?«

»Santa Madonna! Ja, Carmella heiß' ich!« rief sie, neugierig aufhorchend. »Woher wissen Sie das?«

»Nun, ich bin doch oft genug Euer Gast gewesen, in der "Taubstummen Katze", *Via Due Macelli*. Könnt Ihr Euch denn nicht mehr besinnen auf die neun deutschen Künstler, nein? Aber Don Gabriello, der wie ein Karabinier-Wachtmeister aussah und dem Ihr Eure Katze anzuvertrauen pflegte – zum Henker, auf den müßt Ihr Euch doch noch besinnen!«

Sie strich sich mit beiden Händen das Haar von den Schläfen zurück und seufzte tief auf: »Ach, du himmlische Barmherzigkeit, ja! Dafür ist gesorgt, daß ich den nicht wieder vergesse!«

»Was ist mit ihm und was ist's mit der Katze? Erzählt doch, schönste Carmella! Ihr sagtet doch, die Katze wäre an Eurem Unglück schuld!«

»Don Gabriello und Kleopatra, alle beide sind sie daran schuld! Ei freilich, hört nur zu. So ein Vieh ist kein Christenmensch, sagt der Eseltreiber, wenn er seinen Stock auf seinem Grauen zerschlägt; aber das ist gewißlich wahr, daß unser Herr einem Christenmenschen oft ärgere Prüfungen schickt, als solch einem unvernünftigen Tier. Ich kann Ihnen sagen, Herrchen, ich hab' was ausgehalten in meinen jungen Jahren, und ich hab' nicht einmal eine Eselshaut auf dem Leibe!« Sie fuhr sich überkreuz mit den Händen in die weiten

Ärmel hinein und strich sich mit einem schmerzlichen Lächeln über die nackten Arme. »Weh hat's getan, das mögen Sie mir glauben; aber es war wohl die Strafe dafür, daß ich meinen Eltern den Gehorsam aufkündigte und mich an den schlechten Kerl hing. Denken Sie bloß, was es heißen will, vier Jahre lang Tag und Nacht in der Furcht vor solchem Menschen zu leben! Aber die Katze geht so lange nach dem Speck, bis sie mal die Pfote dabei läßt, und es ist ja auch schon vorgekommen, daß der Hase den Hund ohrfeigte. Hab' ich nicht recht? Vier Jahre hatt' ich alles geduldig ertragen; aber dann kam doch ein Tag, da konnte ich's nicht mehr. Und wie er so ungerecht auf mich losschimpfte, da sprang ich ihm mit meinen zehn Fingern ins Gesicht. O, ich habe ihn gut zerkratzt, das können Sie mir glauben! Und an seinem Bart habe ich ihn gerissen, daß er heulte vor Schmerz, das böse Tier! Da hat er mich nicht mehr angerührt, aber Katze hat er mich geschimpft, so oft er mich ansah, und vor mir ausgespuckt, und die Kleopatra, die arme Taubstumme, hat er jetzt erst recht zu hassen angefangen, weil sie mir lieb war und an mir hing aus Dankbarkeit; denn ich hatte mich ihrer erbarmt und sie gepflegt, als sie die bösen Buben bei uns zu Hause unters Wasser gestupst hatten, daß sie ersticken sollte – davon war sie auch taub geworden. Er stieß die Katze mit dem Fuße, wo er sie sah und riß sie an den Ohren vom Polster herunter, wenn sie schlief. Und darum schenkte ich sie schließlich dem Herrn Gabriello, damit es ihr gut gehen sollte um meinetwillen. Denn Herr Gabriello hegte Achtung für mich armes Weib und Mitleid – damals, ach! Und sehen Sie, das machte meinen Mann wie toll und voll, daß ich gerade dem die Katze geschenkt hatte. Nun wäre es ja klar am Tage, sagte er, wie ich mit dem Herrn stände, und für das Kind, das ich im Schoße trug, da sollte ich nur den rechtmäßigen Vater sorgen lassen. Na, damit hat er mich also auf die Straße gesetzt und hat sich auf und davon gemacht. Aber darauf schwören möcht' ich, daß er es selber nicht geglaubt hat, was er mir vorwarf. Es war bloß der Ärger, daß mir wegen der Entführung die Eltern die Mitgift nicht herauszahlen wollten, und weil ihm das Reichwerden nicht schnell genug ging mit dem Café und er frei sein wollte, sein Glück in Afrika zu versuchen. Eine Bestie war er, eine wilde Bestie! Gott verschließe ihm die Himmelstür, wenn ihn da unten das Fieber holt!«

»Amen!« sagte ich. »Amen, arme Carmella! Aber sagt einmal: hat denn nachher mein braver Landsmann Don Gabriello nichts für Euch tun wollen? Er war ja so verliebt in Euch, daß es einen Hund jammern konnte.«

»Ja, das wohl,« erwiderte Carmella nachdenklich, indem sie mit den Fingern ein Stück Schinken zum Munde führte. »Aber was hilft die Liebe? Er hatte wohl selbst nichts übrig. Die heilige Jungfrau hat es doch gut mit mir gemeint. Ich habe ihr ein wächsernes Herz gelobt, wenn sie mein Gebet erhören würde – und da hat sie mir ja auch den Marchese geschickt!

»Und den Signor Pincussohn wohl auch?« setzte ich hinzu und drohte ihr scherzend mit dem Finger.

Aber sie blieb ganz ernsthaft und erwiderte ohne Verlegenheit: »Was wollen Sie? Der Marchese ist ein verheirateter Mann, der konnte natürlich nicht immer abkommen. Er mußte auch oft in Staatsgeschäften verreisen, wissen Sie. Man kann doch nicht immer allein sein, wenn man so gute Gesellschaft gewöhnt ist. Sehen Sie, hier das Bett und alle die reizenden Möbel, die sind von dem guten Marchese – und die Miete bezahlt er ja auch regelmäßig, Gott lohn' es ihm! Aber die Möbel kann ich doch nicht essen, nicht wahr? Hab' ich nicht recht? Warum soll ich mich den guten Herren versagen, wenn sie etwas für mich tun wollen? Jetzt ist freilich alles aus, und ich habe nichts mehr zu geben! – Warten Sie, ich will Ihnen etwas Schönes zeigen.«

Sie erhob sich, wischte sich mit dem Ärmel die Fettspuren von dem kleinen, schwellenden Munde und wusch sich sorgfältig die Hände. Und dann holte sie aus der obersten Lade der Kommode einen in Seidenpapier gewickelten Gegenstand hervor, den sie mit einer gewissen Feierlichkeit herbeitrug und vorsichtig wie eine Kostbarkeit auswickelte. Es war ein eingerahmtes Heiligenbild, auf Kanevas geklebt und mit hübscher Stickerei in Gold und Seide umgeben.

»Nun, was sagen Sie? Ist das nicht prächtig? Sehen Sie, das habe ich in meiner Einsamkeit mit eigenen Händen gestickt, und das ist Santa Agnese. Wie schön ist sie, nicht wahr? Ich habe mich ganz in sie verliebt bei der Arbeit und ihr ein Dutzend Altarkerzen gelobt, wenn sie mich nach meiner Niederkunft in ihre himmlische Obhut nehmen und wieder so schlank und so schön machen will, wie ich gewesen bin. Der Marchese hat mir schon versprechen müssen, daß er die Kerzen bezahlen will. – Sehen Sie, das verkaufe ich an die Händler am Sankt Petersplatz. Aber das sind Gauner – Gott verdamme sie! – sie geben mir einen Hungerlohn. Sie sind ein feines Herrchen, nicht wahr. Sie kaufen mir das ab?«

»Was soll es denn kosten?«

»Eh – was wird es kosten! Hundert Lire – eine Kleinigkeit für Sie!«

»Ho, ho! Untertänigster Diener, Signora Carmella! Sie überschätzen mich ganz gewaltig!«

Sie zog die Schultern hoch und rümpfte ein wenig die Nase. »Nun dann sagen wir: zwanzig. Wir sind ja alte Freunde, nicht wahr?«»Na siehst du, mein Liebchen, der Preis ist ja auch noch recht anständig! Aber was soll ich denn damit? Ich bin ein schnöder Ketzer und zum Schlankwerden habe ich die heilige Agnese auch nicht nötig. Weißt du was, behalte dein Meisterwerk und gib mir für die zwanzig Franken einen schönen Abschiedskuß!«

»Die gottlosen Deutschen! Gott verzeih' euch! Aber ich will morgen zur Beichte gehen – da kann ich es ja wohl wagen.«

Und sie schlang die Arme um mich und schmiegte ihre weichen Lippen zart und lange auf die meinen.

Am andern Morgen war natürlich mein erster Gang zu Meister Gabriel Wenglein. Der war schon fleißig bei der Arbeit, qualmte wie ein Lokomotivschlot und hatte die mächtige Tatze, die er mir mit freudigem Gruß entgegenstreckte, über und über mit Ton beschmiert. Auf seinem alten Sofa, behaglich in die Ecke gedrückt, lag Kleopatra und spann.

Und dann erzählte ich ihm mein nächtliches Abenteuer. Er hörte mit finster gerunzelter Stirne zu.

»Nun sagen Sie mir bloß, verehrter Meister,« rief ich lebhaft, als ich mit meinem Bericht zu Ende war, »warum haben Sie das süße Weibchen nicht gleich selber mit Beschlag belegt, sobald es frei war?«

»Frei?« grunzte er. »Aso hab' i d' Sach' eben net aufg'faßt. Ja, wenn s' sich hätt' können scheiden lassen – aber dös gibt's halt net bei uns Katholischen!«

»Aber, Bester, so genau hätten Sie's doch nicht zu nehmen brauchen!«

»Wohl, wohl! Aber der Deixel kenn' sich aus mit die Frauenzimmer! I hob' g'meint ... mit rechter Behutsamkeit hob' i 's anpackt, daß s' mer sitzen sollt' – natürli bloß zu einer Büsten. No, und wie ich s' so hob da sitzen segn, so fromm, holdselig und einfältig wie eine Madonna, da hob' i denkt, dös war' a Sünd', wann i an die a frivoles Ansuchen stellen tät'!«

»O, o, o! Meister Gabriel!«

»Wohl, wohl, ein bayrischer Ochs war i! Aber wie s' mir dernoh erzöllt hat, daß die heilige Jungfrau endlich ihr Gebet erhört und ihr den zahlungsfähigen Marchese g'schickt hätt', do hat mi der heilige Zorn packt.«

»Sie haben ihr doch nichts zuleide getan?«

»O naa! Bloß –'nausg'schmissen Hab' i s!«

»Unglaublich! Und die Büste, – kann man die einmal sehen?«

»Die hob' i a z'samma g'schmissen!«

»Hm, hm! Schade!«

Dann war es ein Weilchen so nachdenklich still zwischen uns, daß wir die taubstumme Katze dort in der Sofaecke ganz deutlich schnurren hörten.

Der Raritätenliabhaber

»Ja, grüaß Eahna Gott, Freunderl!«

»Xaverl is wahr? bis du's a wirkli? Ja da legst di nieder, wie schaugst denn du aus?«

»Ja, Eahna hätt' i bald nimma wieder kennt; ma sollt moana, ös hätt's die ganzen vier Monat als Einsiedel im Wald g'lebt und Eahna von Wurzeln und Schwammerln g'nährt!«

Also riefen drei gewichtige Herren, die in der Leberwurstküch am Platz! tarockend beisammensaßen, einem vierten entgegen, der eben hereingetreten und mit verlegener Miene, fast schüchtern grüßend, an ihren Tisch gekommen war. Und die Kathi, die alte Kellnerin, riß erstaunt ihre Augen auf und betrachtete sich den neuen Gast schier ängstlich vom Kopf bis zu den Füßen, bevor sie sich die Hand am Schurz abwischte und ihm zum Gruß entgegenstreckte. »Jesmariandjosef! Wie schaugens denn nur aus, Herr Niederhuber!? Eahna is wohl d' eigene Haut z' weit worn? Jessas, daß oan 's Heiraten aso runterbringen kann! No, setzen Eahna nur nieda und stärkens Eahna. A Maß, geltens Herr Niederhuber?«

Herr Niederhuber nahm schwerfällig Platz und nickte der Kathi zu. Er getraute sich kaum, seinen alten Freunden ins Gesicht zu schauen.

Die legten ihre Karten aus der Hand und fuhren fort, ihn mitleidig zu betrachten. »Ja, is denn wirkli wahr,« redete ihn der Herr Privatier Dimpfl, ehemaliger Bäckermeister an, »is denn wirkli wahr, daß d' verheirat' bist? I hob' eh scho so was g'hört. Aber i hob' mer denkt, dees kannt ja do net mögli sei'; sonst hätt'st uns ja do zu der Hochzeit eing'laden.«

Sein Nachbar zur Linken, der Kramer Herr Michael Obermeier, griff in seine Schnupftabaksdose und sagte, indem er mit der Prise zwischen Daumen und Zeigefinger um seine Nase herum vorbereitende Kreise beschrieb: »Ah naa, meine Herren, da kennts 'n Herrn Niederhuber schlecht; mir san a vüll zu g'ringe G'sellschaft für so an großen Herrn; dees müaßt do sölber sag'n, so Leit' wia mir passeten freili net in so a G'schlooß, als wia si's der Herr Niederhuber jetzt baut hat. O mei, a Pracht is dees! 's reinste Rokoko wia ma's hoaßt. Und inwendig erscht! I hob's g'hört vom Hafnermeister Jodl, der bei eam d' Öfen hat ausschmiern derfen, dees war aso fein beim Herrn Niederhuber, wie bei an Grafen. Von die ersten Künstler hat er sich alles malen und tapezieren lassen.«

»Herrgott Sakra!« rief da der Herr Niederhuber, indem er auf den Tisch schlug und wild um sich blickte. »Laßt's mi aus mit die verdammten Künstler! Von dene kimmt ja 's ganze Unglück. Jessas, Jessas! I war heit noch a z'fried'ner Mensch, bal mir die Bagage net a Loch in Bauch g'redt hätt'. O mei, o mei, Freunderln, wie's mir ganger is! Dees is aso zwider – ins Wasser mecht i glei gehn!«

»Ja, was is denn? Wo fehlt's denn nacha? – Uns kenne S' es ja verzählen, Herr Niederhuber. – Giftens Eahna net so sehr, 's könnt Eahna schaden.« So riefen die drei Herren durcheinander und beugten sich neugierig weit über den Tisch vor, was ihnen der alte Tarockgenosse wohl zu berichten haben möchte.

Herr Niederhuber hatte sich nur deshalb nach so langer Unterbrechung dazu entschlossen, die Gesellschaft seiner alten Freunde in der Leberwurstküch wieder aufzusuchen, weil es ihn drängte, sich durch eine offene Aussprache vor gleichgestimmten Seelen das Herz zu erleichtern. Und so ließ er sich denn nicht lange bitten, sondern begann, sobald ihm die Kellnerin seine Maß Hofbräubier vorgesetzt und er sich durch einen gehörigen Schluck gestärkt hatte, also zu berichten:

»Jetzt paßt's amal auf, Freinderln, jetzt will i enk amal was sag'n; wenn unseroaner sich in seine besten Jahr ins Privatleben zurückziag'n tuat, nacha will a doch a bisserl a Beschäftigung ham. Also, hab' i mer denkt: ›mei liaba Xaver, jetzt wirst amal an Hausherrn spüln; aber mit kloane Leit', wo net zahl'n kinna und wo ma aus'm Ärger und aus'm Spektakel net aussakommt, dees war mer scho z' fad. Du willst nur mit feine Leit' was z' tuan ham. No, da hab' i mer dees Haus baut, und dadrin hat alles müassen so nobel wer'n, daß i hob' für'n ersten Stock glei dreitausend Mark und für'n dritten a no zweitausendvierhundert Mark Zins verlanga kenna. Über zwoa Stiag'n bin i aufizog'n, und dees hab' ich so herrichten lass'n woll'n, daß d' Leit' nur g'rad aso hätten schaugen müassen; wissens aso, daß d' Leit' hätten sag'n soll'n: der Niederhuber, Respekt, do feit si nix'n, der hat net bloß a Göld, der hat a a Büldung und an nobeln G'schmack. No und do hat mer der Architekt, der wo mer dees Prachthaus baut hat, an jungen Künstler rekomendiert. Zu dem hob' i g'sagt: »Herr Denglberger,« hob' i g'sagt, »jetz'n schaffens mer an nobeln G'schmack; was kost', is mer wurscht, i zahl's.« »Recht hab'ns, Herr Niederhuber« hot er g'sagt, der Herr Denglberger, »Reichtum verpflichtet. Sie müassen fei die Kunst unterstützen.« »No 's is recht,« hob' i g'sagt. Do san mer nacha mitanand rumg'stiagn in dene Ateliers, un bei die Tandler, de wo die feinsten Raritäten und die allerältesten Altertümer ham. A rechter kommoder Herr is g'we'n, mie Künstler. Und bal er mi aso dene Leit' vorg'stellt hat als den berihmten Kunstkenner und Raritätenliabhaber Niederhuber, da war mir dees scho recht. Aufs Diridari wissens, da hob' i weiters net g'schaugt, i hob' halt zahlt, was 's kost hat. Aber wissens, wia dees halt allaweil weiter ganger is, da is mer die G'schicht doch z' dumm worn. Gar ka Ruah hams mer mehr g'lass'n, die Herrn Maler und Büldhauer und Tandler und Antiquar' und was woaß i. Die Bülder, wo i hob' kafen müass'n, di war'n dir do scho so a G'schmier – uijekerl, daß ei'm glei 's G'sicht aus'm Leim ganger is! Bei die meisten hat mer sie garnet auskennt, was' eing'tli vorstell'n soll. Und wiar i dees dene Kerl g'sagt hab', nacha haben's es die feine Stimmung g'hoaß'n. Wissens, i hätt' gern so was zum Lachen g'habt, an dicken Kapuziner mit a Maßkrüagerl, oder so was von der Alm. Aber da hat's g'hoaß'n, dees war a plebejischer G'schmack. Ni hab' i kafen derfen, wo i an Gusto drauf g'habt hätt', b'sunders was die Raritäten anlangt. Und g'rad für solchene Sachen hob' i scho immer a starke Liabhaberei g'habt. Wissens, so die Folterkammer und die berühmten Rauber, dees war mei Freid', und die Mißgeburten un was ma sonst'n no auf der Wias'n und im Panoptikum seg'n tuat. A richtige, amtlich beglaubigte eiserne Jungfrau hätt' i kafen kenna, und gar net z' teier, aber naa, da hat's g'hoaß'n, dees tät si net schicken für unseroans. Wißt's, was s' mer ham aufhänga woll'n, die Luderkerl? A nackets Weibsbüld von Stoa! Und die hätt' net mehra wie zehntausend Mark'ln kost'n soll'n! Und dees war die *Anna*[1] hat der Herr Künstler g'sagt. Do bin i aber do granti worn. »Was geht no mi Eahnere Anna an?« hob' i g'sagt; »pfui Teifi, schamens Eahna! A Schand' is dees, a rechte G'meinheit, aso an armes Madel in an

<hr>

[1] Soll heißen »Diana«. Man sagt oberbayrisch Ahna, nicht Anna.

solchen unbegleiteten Zustand hinz'stellen, daß d' Leit' nur so mit di Finger drauf deuten kenna.« Wiar i dees g'sagt hab', hat a mi an ungebüldeten Protz'n g'hoaß'n, weil i die *Anna* net kennt hob'! No un nacha war's gar mit uns zwoa. Sei Freind, mei Leibkünstler, hat a no woll'n aufbegehrn. Aber da bin i erst recht fuchtig worn und hob' 'na a paar Komplimenter ins G'fries einig'schmissen, daß eahm glei ganz anders worn is. No, mir war's g'nua, mi aso verhonackeln z' lassen von solchene fade Lapp'n, von solchene Kerl, de ma glei vors Schwurgericht bringa kennat zwegen Sittlichkeit! Do koast ja glei in Huat einisteig'n!«

Er stärkte sich durch einen tiefen Trunk, bevor er mit düsterem Stirnrunzeln also fortfuhr: »Jetzt aber derft's erst spanna – jetzt kimmt's, Freinderln. Also: Wia dees ganz G'lump, wo i z'sammkaft hob', herg'richt g'we'n is, wia die Bülder an die Wand g'hängt und die diversen Raritäten aufg'stellt g'we'n san, do hab' i zu mir sülber g'sagt: »Xaverl, hob' i g'sagt, du bist a rechter Lakl; dei scheens Göld hast aussag'schmiss'n und aa net an oanziges Stuck hast, dem ma's ansiacht, was kosten thuat. Denn dees muaßt do selber sag'n«, net umsonst mechtst es ham, dees ganze G'schlamp, bal dir's oaner schenken tat. Jetzt beweis' amal, daß d' selber an Verstand hast. Ganz was B'sunders, was extra Rares hab' i no woll'n anschaffn. Wißt's, so was, wia mer in der ganzen Münchner Stadt sonst nirgends z' seg'n kriaget. So was Rares, daß s' es in alle Zeitungen einrucken müaßten. Habt's ös nix g'les'n?«

»Was?«

Herr Niederhuber kaute ingrimmig an seiner Zigarre. Eine ganze Weile schwieg er. Dann schaute er mißtrauisch um sich, ob an den Nachbartischen auch keine unberufenen Lauscher säßen, und holte endlich aus seinem Taschenbuch einen bereits arg defekt gewordenen Zeitungsausschnitt hervor. Die drei Freunde rückten näher heran und steckten ihre Köpfe zusammen, und da las er ihnen mit gedämpfter Stimme das Folgende vor:

»In dem anatomischen Museum und Kunstkabinett von Lailich, Bude Nr. 27, dürfte eine Merkwürdigkeit allerersten Ranges die Aufmerksamkeit des Publikums in hervorragendem Maße auf sich lenken. Es ist dies der mumifizierte Körper der berühmten Mexikanerin Miß Pastrana, welche in den fünfziger Jahren auch in

Deutschland sich sehen ließ und durch ihre geradezu phänomenale Häßlichkeit ein mit Grauen gemischtes Staunen hervorrief. Die Mexikanerin gehört zu den merkwürdigsten Naturspielen, die je bekannt geworden sind. Die Bildung des Kopfes, den man nicht ohne Grauen anschauen kann, ist wahrhaft überraschend abweichend von jeder sonst nur denkbaren Möglichkeit eines solchen. Bis auf die schönen, schwarzen Haare weist der Kopf nichts auf, was dazu berechtigen könnte, ihn für den eines menschlichen Wesens zu halten. Wir würden auch daran zweifeln, wenn wir nicht wüßten, daß dieses Wesen einst wirklich gelebt hat und aus diesem *salva venia* Maule sowohl die spanische, als auch die englische Sprache einst verständlich und vernünftig ertönte. Das ganze Gesicht ist nicht nur behaart, sondern auch mit einem vollständigen, langen Backen-, Schnurr- und Kinnbart geziert.«

»Kruziteufi, Kruzitürken, da legst di nieda! – Ma sollt's bal net glaub'n –« unterbrachen ihn die Freunde durcheinander rufend. »Is mögli? Hams die Mißgeburt wirkli mit die eigne Aug'n g'seg'n, Herr Niederhuber?«

»G'seg'n?« fuhr jener auf; »*kaft* hab' i mer's!« Und er schlug mit der Faust auf den Tisch. »Glei bin i hin zu dem Herrn Lailich, 'vor er noch sei' Museum aufg'sperrt hat, 's letzte Jahr drauß'n auf der Wias'n. So, mei Liaber, hob' i g'sagt, i bin a Raritätenliabhaber, un a Göld hammer a. Was kost jetz'n die schöne Leich'? – Zwanzigtausend Mark, hat er g'sagt. Naa, mei Liaber, pfüat di Gott, hob' i g'sagt und bin aussi. Achtzehntausend, hat er g'sagt. – Zehn, hob' i g'sagt. – Auf d' letzt' hob' i's um zwölftausend Mark'ln kriagt. Jetz'n hob' i da a Rarität wia in der ganz'n Münchner Stadt ka zwoate z' seg'n is. Mei Freid' und mei Stolz war dees, die Freilein *Julia Pastrana*. In an gläsernen Sarg is g'leg'n und a rotsamtnes Klüftl hat's ang'habt, dees grad' bis an die Wadeln g'reicht hat und mit rote Saffianstieferln an die Füaß. A Mordsfreid' hob' i g'habt, daß de jetzt koaner hat seg'n könna von alle die vülltausend Leit', de af d' Oktoberwias'n aussig'rennt san. In mei'm Salon hob' i an alte g'schnitzte Kist'n g'habt, da hab' i' 's Pastranerl ausig'stellt. Un mit an seidnen Teppich zudeckt. Un in die Nei'sten is aa g'standen, daß ein kunstsinniger Münchner Bürger die merkwürdige Mumieh für sein Raritätenkabinett erworben hätt'. Gift aber hat mi bloß dees oane, daß s' mein Nama net a dazuag'setzt ham. No, ös wißt's, Freunderln, wia das

Sprichwort sagt: »Des Lebens ungemischte Freude wert' koan Sterblichen z'teil'. – 's Stubenmadl is glei fort und d' Köchin hat an solchen Schreck kriagt, daß 's ihr auf die innern Teile g'schlag'n is, und i hab's müassen aaf meine Kosten a Vierteljahr lang verpfleg'n lassen. I hob' überhaupts ka Weibsbüld mehr ins Haus kriagt, und 's ganze Haus hams mer in Verruaf bracht von zweng, dem, daß i d' Leich' von meiner söligen Alten im Wohnzimmer aufig'stellt hätt'. A solche G'meinheit! Im Wirtshaus hab' i essen müassen, weil i koa Köchin net g'funden hab', de unter oam Dach mit Freilein Julia hätt' schlafen mög'n. An Bedienten hab' i mer anschaffen müassen – was sagt's dazua!? – und a Zugeherin, de so dumm war, daß s' glaabt hat, dees war die heilige Pastrana, de tät an Haarwuchs befördern, balst fleißig zu ihr beten tuast! Wißt's, weil i halt a do scho a bisserl a kahle Platt'n hab'. – Aber wissen's, dees is a bloß für a Woch'n ganga mit dera Person. Nacha hat's mer aufg'sagt, weil s' d' Leit' im Haus verhetzt ham, I hab' g'moant, mi z'reißt's, aso hab' i mi gift'n müass'n über de damischen Weibsbülder überanand! No, i hab' mer denkt, woaßt, Xaverl, 's g'scheitst wär', du tätst heiraten. – Do kennt's leicht seg'n, daß i scho a bisserl zum Spinnen ang'fangt hab'. A Kerl in meine Jahr' mit erwachsene Söhn' und Schwiegersöhn'! Die hätt'n mi glei unter Kuratel stell'n mög'n, wann i no amal anfanget, so kloane Bamsen in d' Welt z' setzen und sie ums Erbteil z' bringa. Xaverl, hob' i zu mir sölber g'sagt, jetzt gib fei Obacht, daß d' net narret wirst. I hob' mir sölber mit ernsthaftige Wort' zuag'redt, aber 's G'wissen hat mi do allaweil z'wickt von z'wengn meiner sündhaftigen Gedanken, un nacha bin i zur Beicht ganga, daß i mir an geistlichen Beistand anschaffet. Der Herr Pfarrer, der hat mir in allen Punkten recht geben müass'n. I sollt mir solchene unzukömmliche Gedanken fei aus'm Sinn schlag'n. Und bei mei'm Alter und meine Neigungen zu apokleptische Zuständ' vüllmehr auf das Heil von meiner Söll bedacht sein. Und eh' sollt' ich scho den Überfluuß von de vüllen Moneten, bals mi goar so arg drucketen, zu fromme Zweck' verwenden. Oha, mi stimmst! Hab' i mer denkt; an Fischikas, mei liaba Herr Pfarrer! – – No, derweilen is 's Okloberfest so stad fortganga. Mi hat goar nix'n mehr g'freit, weil i do g'wißt hab', daß aaf der ganzen Wias'n ka solchene Rarität net z'seg'n war, als wia bei mir dahoam. Am letzten Sunnta hat mi aber do der Deixel trieb'n, daß i 'nausganga bin, bloß um daß i amal nachschaug'n mocht', was der Herr Dingda mit sei'm anadamischen Museum für a G'schäft machet ohne mei herzigs Pastranerl. No, also, i kimm hin und z' erschte, was i derblick drauß' außer der Bud'n, dees war a kloans Tischerl, und aaf den Tischerl die obere Hälft' von an wunderscheen' Madel. Aso schee wia mas oanzig in die Frisörauslag'n siacht. Rot und weiß wia von Bluat und von Mülli un a Haut wia von Wachs und Haar so schön goldblond wias gar koa natürliche Haar net gibt. I sag' Eahna, meine liaben Freunde, so was Wundernetts wia dees war, dees hat's ja scho gar nimmer geb'n! – Ja, was is denn jetzt dees? sag' i ganz laut. Wo hat denn jetzt dees Madel ihre Füaß und Boana g'lassen? Ja mei, Herr Nachbar, sagt a freindlicher Herr neben mir, wissen's denn dees net? Dees is ja die Dame ohne Unterleib. Himmelherrgottsakra, do is mer aaf amol in mei'm Schädel a so hell worn, wia an an lichten Tag! So oane balst heiraten tätst, do könnt'n deine Söhn' und Schwiegersöhn' fei nix eiz'wend'n ham, Hab' i mei denkt. Und mit mei'm Pastranerl tät's famos zammpass'n. Do hätt' i amal zwoa Raritäten beianand und in Baedeker müaßt a eini, daß ma bein Herrn Privatier Niederhuber solchene b'sundern Sachen segn kann, wiar in der ganzen Welt nimmer. Also i bin amal hinauf und bin droben herumspaziert und hob mer dees Ding ang'schaut von alle Seiten. Und dees hat wirkli sei Richtigkeit g'habt, dees is g'wiß nur die bessere Hälfte von an schöneren G'schlecht g'we'n. Und wiar i no dees Madel so anschaug, do schaugts mi wieder an, und i lach und do lachts aa, und do lach i wieder; no – und sie lacht aa wieder – und do stupf i s' a ganz a kloans bisserl mit'n Finger obn an Arm und sag zu eahm: – hahaha! – woaßt, Madel, du tatst mer g'fall'n! Wannst leicht aus dei'm ledigen Stand raustreten mechtst, di nehmet i glei. – Warum denn net? sagt's: mir is eh scho z' fad, do auf dem Tischerl z' stehn. Balds eine Frau anständig ernähren kennts, wars mir am End' scho recht. – Do feit si nixn, sag' i, i bin der Privatier Niederhuber, von dem wern S' eh scho was g'hört ham. – I hätt' gern noch a bißl mit dem Madel diskuriert, aber do san aso vüll Leit drumrumg'standen, hab'n g'lacht und eahnere Witz g'macht, und die Bedienung von dem anadamischen Museum hat a aufbegehrt – no, und kurz und guat – aussig'schmiss'n hab'ns mi. – Nacha bin i in die nächste Bierbud'n g'stieg'n und hob mi fei stad an an Tisch g'setzt, hob a Maß trunken und drei Paar Schweinswürst' gessen. Un nacha hob i a Vüsitenkart von mir g'nomma und hob dranfg'schriab'n: Bitte ergebenst um Rangdewuh nach Schluß der Ausstellung in meiner Wohnung.

Achtungsvoll der Bewußte. Diskretzion Ehrensache. Dees gibt a Mordsgaudi, hob i mer denkt. Un nacha hob i no a Maß trunk'n und bin wieder hin nach dera Bud'n. Und so pfifft hab' i dees ang'stellt, daß gar neambd g'segn hat, wiar i dem Madel dees Briaferl in d' Hand praktiziert hab'. – No und was g'laabts Freunderln, was g'schegn is? – Am andern Tag is richti kemma. Aber wanns moant' s', daß s' am End zwoa Packträger unter an Glassturz daherbracht hätt'n, nacha seids am Holzweg. Mei Franzi, dees is mei Bedienter, wißt's, der is herei zu mir ins Zimmer, wiar i grad nachm Essen so a bisserl duselt hob; sei Maul hat der Lali glei nimmer z'sammbracht, wiar er's ang'meld hat: ‚Gnä Herr, die Dame ohne Unterleib laßt bitten. So hättens zur Beaugenscheinigung daherb'stellt, sagt's.' No dös kennts Enk denken, wiar i g'sprunga bin! Obacht, Obacht, hob i g'schrieg'n, daßts mei dees Freilein net kaput schmeißts! – Un no geht die Tür aaf, und do kommt's reinspaziert ganz gmüetli aaf ihre zwoa Füaß! Z'erscht do hätt' i scho glei bald koan Tropfen Bluat mehr geb'n, so an Schreck hab' i kriagt. Und dees Weibsbüld, dees is glei so recht grüebi worn, hätt' mer d' Back'n g'strich'n und hätt' mi an herzigen Schneck und an zuckrigen Fratz g'hoaß'n! Do hat mi aber do d' Wut packt. Himmelherrgottsakra, hob i g'schrien, wanns mi dablecka woll'n, nacha sans fei an an Unrecht'n kemma. Sö san überhaupts a ganz ordinäre Person in meine Aug'n. Sö da, san E-ahna vülleicht gar über Nacht dö zwoa Hax'n g'wachs'n? Schaugns, daß weiterkemma, sans so guat, ja? – Aber Freinderln, bald's moant 's, daß s' do ganga war, war's g'fehlt! Aaf mein feinsten Fotöl hat se si g'setzt und hat a no aafdraht, Dees war net ihre Schuld, wann i a so a Trottel war und glaabet dees von zwegn ohne Unterleib. I geh als optische Täuschung, hat's gesagt, deeö is mei G'schäft, und wann Sö so dumm san und glaaben dees ... weiter hobi's gar net reden lassen. Dees hat mi doch gift glei zum Hinwern, daß mi dees Madel an Trottel g'schimpft hat! Was fallt Eahna denn eigentli ein? hab' i g'schrien. I tät a solchene Dummheit glaab'n? I hob bloß an G'spaß macha woll'n. Und wann Sö a richtige reelle optische Täu-schung sein woll'n, nacha g'hört sich's aa, daß S' dees Optischerl zum Rangdewuh fei mitbringa! Und was sagt mir dees Weibsbüld dadrauf? – Sonst nix? Schaugns, Herr Niederhuber, wenn dees Ihr Ernst is, daß S' mi heiraten woll'n, nacha bring i Eahna dees Opti-scherl zur Ausstattung in die Eh'.«

»Was, Deixel noch amal!« unterbrach der Herr Obermeier den immer lauter und eifriger gewordenen Erzähler: »Do hams dees Madel nacha wirkl g'heirat?«

»O naa, mei Liaber,« versetzte Herr Niederhuber, etwas verlegen lächelnd. »So g'schwind net. Aber wissen's, wia dees halt aso geht. Bal mer amal so a bißl zünfti worn san, – 's Madel war halt do recht sauber und poussierli – und wann i g'sagt hab', dees war bloß a G'spaß g'we'n mit'n Heiraten, no hat's ang'fangt zun flenna und dees hat mi aso vüll barmt, segns. I bin halt a zugänglicher Mensch, und mit dö alten Hecht tuan sich halt dö saubern Madeln leicht, – o mei, o mei!« Er seufzte rief auf. »So is's halt kemma, segn Se's. Aber kirchlich ham mer uns in Rosenheim kopulieren lassen. Do kennt mi neambt, wissen's. Und nacha samma nach Idalien – büs nach Venedig! O mei, o mei!«

»Ja was hams denn, Herr Niederhuber?« fragte Herr Dimpfl teilnehmend. »Was schnaufen 's Eahna denn allaweil so schwer? Is Eahna denn amend die Reis' do nunter net recht guat bekommen?«

»Was woaß i! 's Idalien war scho recht, aber was mi dees kost hat – Jessas, Jessas! Alles, was g'segn hat in die Auslag'n, hat's hab'n woll'n. D' Moneten san mer ausganga wias Korn aus'n Sack, der a Loch hat. Und wia si dees Roserl herg'richt hat mit seidene G'wandeln und Brülianten und so Deixelszeig! No, ich sag, d' Idaliener ham mer aso g'schaugt! Dö feinsten Herrn und dö schensten Offizier san allaweil hinter uns hertappt. Aber net zweg'n meiner, dees kennt's mer glaab'n. Ka ruhige Stund' hab' i nimmer g'habt an ganzen Tag und iber der Nacht a net. Nervios bin i worn, un mei g'sund's Fett, dees hat's nur so schen langsam abitrieben! No hob i g'moant, bal mer amal wieder dahoam san, nacha wer i mei Ruah ham. O ja, an Schmarrn! Do is dö richtige Gaudi erst losganga. Wißt's ös, meine lieben Freunde, was s' g'sagt hat, bal mei hoamkemma san? Xaverl, hat's g'sagt, entweder d' Leich oder i! Mit dera Leich hat s' es Pastranerl g'moant. Roserl, Hab' i g'sagt, dees is ka Leich, dees is fei a Mumieh! – Is mer ganz wurscht, hat's g'sagt. Unter meim Dach duld i ka Muh und ka Miau und ka Mumieh a net! – Roserl, hab' i g'sagt, dir mangelt das höhere Kunstverständnis! Dees is a Rarität, a so a Rarität gibt's leicht in der ganzen Wölt net noch amal. Is recht, hat's g'sagt, balst du dei Rarität net aussatuast, tuar i mir aa a Rarität anschaff'n. Der Steirerhansl, der Ries' vom letzten Oktoberfest, is eh an alter Freind von mir! – Und so is des Ding fortganga. Koa Ruah hat de Person geb'n, net um a Roß! Alle Tag hat s' denselben Spruch herbracht: d' Leich oder i; bis i z'letzt im Zorn g'sagt hab: Also is recht, nacha geh *du!* – Wissen's, was da g'sagt hat? – Recht is, hat s' g'sagt: i geh, aber z'vor laß i an Bader kommen und 's Pastranerl rasiern!«

Herr Niederhuber hielt inne, um zu verschnaufen. Dann trank er einen mächtigen Schluck und blickte in sichtlicher Aufregung seine drei Freunde der Reihe nach an.

»No, und was is nacha passiert?« drängte Herr Obermeier.

»Aus is!« stöhnte der unglückliche Niederhuber und schlug sich vor die Stirn.

»Hast es aussig'schmiss'n?«

»Wen?«

»'s Roserl, dei Wei–?«

»Naa.«

»Also 's Pastranerl?«

»Ja.« Herr Niederhuber wischte sich eine Träne aus dem linken Auge. »Verkaaft hob' i's um zwölf *hundert* Markln!«

»Und dei Wei? Gibt's jetz a Ruah?«

»Kennt's ös schweigen, meine Freunde?« flüsterte Niederhuber geheimnisvoll, indem er die beiden Zunächstsitzenden am Arm packte. »I bin a glücklicher Mensch! Heit nachmittag is mers Roserl durchbrennt! Und wißt's mit wem? – Mit demsölbigen narreten Engländer, der mir die Mumieh abkauft hat! Wißt's, dees hob' i do glei g'spannt, daß 's der Lakel mehr aafs Roserl wie aafs Pastranerl abg'segn g'habt hat. Drum hat er's a so büllig kriagt. Pfiffi muaß mei san! Herrgottsakrakruziteufitürken! Jetz zahl i no a Maß.«

Ein unheimlicher Reisegefährte

In einem Coupé zweiter Klasse des Schnellzugs von Bukarest nach Budapest war ich den ganzen Tag über allein gewesen. Auf einer kleineren Zweigstation hinter Debeczin, deren Name mir entfallen ist und wo der Zug nur eine Minute Aufenthalt hatte, schob der Schaffner sehr eilig drei Herren zu mir herein. Sie schienen ein Coupé für sich allein begehrt zu haben; der eine der Herren, sehr elegant gekleidet, mit einem höchst intelligenten, scharfgeschnittenen Gesicht und blauschwarz glänzenden Bartkoteletten, sprach, schon auf dem Trittbrett stehend, noch immer leise auf den Schaffner ein, indem er, die dicken schwarzen Brauen dabei bedeutungsvoll hochziehend, auf den als zweiter eingestiegenen Herrn deutete. Da ertönte die Trillerpfeife des Zugführers, der Schaffner zuckte bedauernd die Achseln – es war nichts mehr zu machen. Die Tür knallte zu, und fort ging's.

Der zuerst eingestiegene Herr, ein untersetzter, kräftiger Mann mit glattrasiertem Gesicht, brachte das Handgepäck unter und sah dem zuletzt eingestiegenen, dem schwarzen, mit stummer Frage ins Gesicht, verbeugte sich nach erhaltenem Wink bescheiden und nahm auf dem Rücksitz am linken Fenster Platz. Ich hielt den Mann für einen Kammerdiener in Zivil. Die beiden andern Herren standen noch mir gegenüber.

»Bitte, wollen Sie nicht den Fensterplatz einnehmen?« wandte sich der elegante schwarze Herr auf deutsch an seinen Begleiter. »Wann's auch hier net viel was B'sondres zu sehen gibt, es ist doch immer eine Zerstreuung.«

»Wie Sie wollen,« versetzte der andre mit einem wunderlichen, beinahe verächtlichen Lächeln, indem er sich auf das Polster niederließ. »Es ist ja vollkommen gleichgültig, wo ich sitze und was ich sehe und ob ich überhaupt etwas sehe. Es ist ja überhaupt alles vollkommen gleichgültig. Bitte, bekümmern Sie sich nur gar nicht um mich. Wozu denn? Ich beanspruche gar keine Aufmerksamkeit. Gar keine – ho, wahrhaftig, nicht die geringste!« Dabei zog er seine schon ziemlich verbrauchten schwarzen Glacéhandschuhe aus und rieb seine Hände erst aneinander, dann auf den Hosen und schließlich jeden Finger einzeln, als ob sie vor Kälte klamm wären. Dabei war es ein heißer Junitag.

Der schwarze Herr erwiderte nichts. Er zog einen in Gold gefaßten Kneifer aus der Westentasche, putzte ihn sorgfältigst mit seinem buntseidenen Taschentuch, setzte ihn auf seine große Nase und richtete einen prüfenden Blick auf mich. Er schien beobachten zu wollen, welchen Eindruck das wunderliche Benehmen seines Begleiters auf mich machte und ob ich wohl Deutsch verstünde.

Ich setzte eine gleichgültige Miene auf und schaute zum Fenster hinaus, aber ich konnte mich dennoch nicht enthalten, von Zeit zu Zeit neugierig nach meinem Gegenüber zu schielen. Der Herr hatte mir in der Tat einen etwas sonderbaren Eindruck gemacht. Er war lang und sehr dünn und steckte in einem engen, schwarzen Anzug: Bratenrock und herzförmig ausgeschnittene Weste, Stehkragen und langer, bunter Schlips von etwas kleinstädtischem Geschmack. Er schien sogar Schaftstiefel zu tragen. Auch das derbknochige Gesicht deutete auf bäuerliche Abstammung. Das sehr hellblonde Haar stand bürstenähnlich in die Höhe, Wangen und Kinn waren von etwa acht Tage alten Bartstoppeln bedeckt. Ein zwar schon fertiges, aber unbedeutendes Bärtchen beschattete seine Oberlippe – es war in der Tat nur ein Schatten, der sich kaum von dem gelblichgrauen Teint des sommersprossigen Gesichts abhob. Brauen und Wimpern vermochte ich nicht zu entdecken. Die Nase war kurz und dick – alles in allem ein durchaus garstiges, uninteressantes Gesicht, wenn nicht die hohe, stark ausgearbeitete Stirn und die tiefliegenden, unruhig flackernden grauen Augen gewesen wären.

Nach einer kleinen Weile zog der schwarze Herr ein schmales, wohl fußlanges Etui aus rotem Juchtenleder aus seiner Brusttasche hervor, sah sich im Coupé um und wandte sich dann mit einer Frage auf ungarisch an mich, aus welcher nur das Wort *dohányozni* bekannt an mein Ohr schlug, weil in allen Nichtrauchercoupés der österreich-ungarischen Staatsbahnen *nem Dohányoksag* auf den Täfelchen zu lesen ist. »Ich verstehe zwar kein Ungarisch,« versetzte ich mit einer Verbeugung gegen den eleganten Herrn, »aber das Rauchen ist hier erlaubt, bitte sehr.«

So, nun wußte er also, daß ich Deutsch verstand. Er verbeugte sich gleichfalls lächelnd, entnahm dem Etui eine Virginia und bot es dann seinem blonden Gefährten an mit den Worten: »Bitte, Herr Doktor, wollen Sie sich nicht auch bedienen? Sie rauchen doch?«

Der hagere Geselle, der ganz in sich zusammengesunken dagesessen war und nur von Zeit zu Zeit einen unruhigen, gespannten Blick in die vorüberfliegende Landschaft hinausgeworfen hatte, fuhr zusammen, reckte die Brust heraus und starrte seinen Nachbar einen Augenblick fast herausfordernd an. »Warum nennen Sie mich, ›Herr Doktor‹? Entschuldigen Sie – bitte – ja, warum? Warum bieten Sie mir eine Zigarre an? Woher wollen Sie wissen, daß ich rauche? Weiß ich denn etwa, ob ich rauche? Ho – bah! Es ist gern möglich, daß ich sogar Tabak kaue; aber woher soll ich das wissen? Sie täten mir wirklich einen großen Gefallen, wenn Sie mich endlich darüber aufklären wollten. Ich habe es wirklich bald satt, so dazusitzen und mit ›Herr Doktor‹ angeredet zu werden und Zigarren angeboten zu bekommen – und dabei über das Wichtigste im unklaren gelassen zu werden. Entschuldigen Sie, bitte, Herr von Szépcsányi, ich bin ein sehr geduldiger Mensch – aber schließlich will man doch wissen, woran man ist.«

Er holte mit nervös zitternden Händen sein Sacktuch aus der Schoßtasche seines schwarzen Rockes hervor und schneuzte sich umständlich. Herr von Szépcsányi klopfte ihm leicht auf den Arm und flüsterte ihm dabei zu: »Aber das wird sich ja alles aufklären; beruhigen Sie sich doch, mein Lieber.« Und dabei gab er ihm noch einen freundschaftlichen kleinen Klaps und suchte ihn durch Augenwinken auf mich aufmerksam zu machen, als ob er ihn ermahnen wollte, sich doch wenigstens vor dem Fremden in acht zu nehmen.

Der sonderbare Mensch suchte sich durch eine Seitwärtsdrehung der Berührung zu entziehen und schlug ärgerlich seine langen Beine übereinander. Dabei stieß er mich ein wenig mit der Fußspitze an und beugte sich, eine Entschuldigung murmelnd, rasch vornüber, um mir das Beinkleid abzuklopfen.

»Bitte, bemühen Sie sich doch nicht; macht ja gar nichts,« sagte ich, indem ich seine geschäftige Hand lächelnd abzuwehren suchte.

Er richtete sich wieder auf und fixierte mich scharf. Dann begann er in derselben kurzatmig abgehackten Sprechweise wie vorher, seine Stimme vorsichtig abdämpfend: »Sie entschuldigen, wenn ich

Sie belästige, mein Herr. Nur eine Frage, wenn Sie erlauben. Ich höre, wir sind Landsleute. Sie sind vielleicht weit in der Welt herumgekommen?«

Ich nickte bestätigend.

Und er packte seine beiden Knie fest mit seinen großen Händen, beugte sich weit vor und sah mir mit gespanntestem Ausdruck ins Gesicht, indem er fortfuhr:»Sollte ich Ihnen nicht vielleicht schon einmal begegnet sein? Haben Sie ein gutes Gedächtnis für Physiognomien? Bitte, sehen Sie mich nur genau an. Kommt Ihnen mein Gesicht nicht bekannt vor?«

Ich tat, wie er wünschte und sah ihn aufmerksam an. Aber als ich eben den Mund auftun wollte, um ihm mein Bedauern darüber auszudrücken, daß ich mich der Bekanntschaft nicht zu entsinnen vermöchte, fiel er mir aufgeregt ins Wort.

»Es liegt mir ungeheuer viel daran. Es muß doch irgendwo einen Menschen geben, der mich kennt. Ich sollte meinen, das muß doch jedermann begreifen, daß es ein unerträgliches Gefühl ist – eine Qual ohnegleichen geradezu, so wie ich doch immerhin lebendig auf zwei Beinen zu stehen und nicht zu wissen, wer man ist. – Sehen Sie, dieser Herr hier – Herr von Szépcsányi, meint es ohne Zweifel sehr gut mit mir, aber er kann mir absolut nicht helfen. Man hat ihm gesagt, ich sei der *Dr. phil.* Gottfried Hagemann. Und das ist auch insofern richtig als ich in meiner früheren Existenz tatsächlich diesen Namen trug; aber dieser Doktor Gottfried Hagemann ist kürzlich gestorben, und das ist gleichfalls eine Tatsache, die auch dieser Herr nicht zu bezweifeln wagt. Nun sagen Sie selbst: wenn einerseits zugegeben wird, daß jener Gottfried Hagemann tot ist, und andrerseits doch nicht geleugnet werden kann, daß ich hier lebendig vor Ihnen sitze, so ist es doch offenbar unlogisch, zu behaupten, ich selber sei Gottfried Hagemann. Sie lächeln; natürlich, ich lächle auch, es ist auch wirklich sehr komisch, daß selbst hochgebildete Leute, scharfsinnige Köpfe solchen groben logischen Schnitzer begehen können.« Er lachte nervös auf und klatschte sich dazu wie zur Bestätigung seiner Heiterkeit auf die Knie. Dann starrte er wieder zum Fenster hinaus.

Herr von Szépcsányi benützte diese Gelegenheit, um sich mit einer Kopfneigung gegen seinen Nachbar an die Stirn zu greifen und mir gleichzeitig durch Miene und Geste zu verstehen zu geben, ich brauchte mich nicht zu beunruhigen.

Als ob er gesehen hätte, was hinter seinem Rücken vorging, wandte sich unmittelbar darauf unser unheimlicher Reisegefährte wieder zu mir und sagte, seinen eleganten Begleiter mit einem verächtlichen Blick streifend: »Herr von Szépcsányi hält mich natürlich für verrückt. Mein Himmel, ich nehme ihm das ja weiter nicht übel. Das ist ja immer das einfachste Verfahren, und ich will nicht behaupten, daß ich nicht vielleicht in einem ähnlichen Fall mich geradeso allen Schwierigkeiten zu entziehen suchen würde. Aber Sie, mein Herr, sollen wenigstens Gelegenheit haben, selbständig zu urteilen. Ich werde Ihnen erzählen, wie ich zu dieser neuen, so entsetzlich rätselhaften Existenz gekommen bin.«

Es war ganz vergebens, daß Herr von Szépcsányi ihm freundlichst zuredete, er möge doch nicht gewaltsam so unnötige und schädliche Aufregungen herbeiführen und immer wieder die Erinnerung an Dinge heraufbeschwören, die doch schon vergeben und vergessen seien. Er achtete gar nicht auf so wohlgemeinten Zuspruch, sondern erhob sich, eher jener noch ausgeredet hatte, um sich zu mir auf den Rücksitz zu setzen, dicht an meine Seite. Und er begann ohne weitere Einleitung seine Geschichte zu erzählen, mit glühendem Eifer die schmerzlichsten und grausigsten Erinnerungen mit einer wahren Wollust in sich aufrührend, und mit einer Beredsamkeit, die seine Geschichte fast einstudiert klingen ließ. Ich will sie hier wiedergeben, wie sie mir im Gedächtnis haften geblieben ist, ohne alle Unterbrechungen, natürlich nicht dem Wortlaut getreu, aber wenigstens ohne eigene Zutaten und möglichst im Stile ihres Erzählers.

»Ich war vierundzwanzig Jahre alt. Ich hatte mein Staatsexamen gemacht und als Philologe doktoriert. Ich verspürte eine brennende Sehnsucht in mir, etwas von der großen Welt kennen zu lernen, ehe ich als unbesoldeter Hilfslehrer mich an die Lateinschule irgendeines obskuren Nestes schicken ließ. Aber ich war völlig mittellos. Das wenige, was mein Vater für mich erspart hatte, mußte ich für mein Studium verwenden; mein älterer Bruder, der nach dem Tode des Vaters unser Bauerngut übernahm, konnte nichts mehr für mich erübrigen. Er hatte selber mit schweren Sorgen zu kämpfen. Ich bot mich also in Zeitungen als Hauslehrer fürs Ausland an. Unter mehreren Anerbietungen, die daraufhin einliefen, schien mir die des ungarischen Grafen Pálony die vorteilhafteste für mich zu sein. Heute vor einem Jahre kam ich dahin. Meine Erwartungen wurden in jeder Beziehung noch weit übertroffen. Eine herrliche Gegend, eine höchst interessante Bevölkerung, ein prachtvoller Besitz, ein glänzender Hausstand, oder besser gesagt: Hofhaltung. Es ging wahrhaft fürstlich zu auf Nagy-Pálony. Der Graf war Witwer, ein Mann von einigen fünfzig Jahren mit dem vornehmen Äußern und dem ehrfurchtgebietenden Wesen eines echten großen Herrn. Er kam mir in einer Weise entgegen, wie sie sich eine anerkannte wissenschaftliche Größe nicht anders hätte wünschen können; durchaus ohne jede kränkende Herablassung. Meine schlechten Manieren, meine gesellschaftliche Ungeschicklichkeit ertrug er, ohne eine Miene zu verziehen. Die alte Französin, die außer mir noch als Lehrkraft im Hause war, übernahm meine Erziehung nach dieser Richtung hin und putzte mich oft wie einen Schulbuben herunter. Von dem Grafen aber hörte ich nie ein tadelndes Wort. Höchstens daß er einmal still vor sich hinlächelte. Er setzte sich gleich anfangs mit mir über die Grundsätze auseinander, die er beim Unterricht und bei der Erziehung seiner drei Kinder befolgt zu sehen wünschte. Und da ich seinen Ansichten mit gutem Gewissen beipflichten konnte, so schenkte er mir volles Vertrauen und ließ mir völlig freie Hand. Mit den beiden jungen Grafen, prächtigen Buben von dreizehn und zehn Jahren, die gar sehr wild waren und anfänglich durchaus keine heftige Leidenschaft weder für die alten Sprachen, noch für die Mathematik bezeigten, kam ich dennoch bald recht gut aus, und das kleine Mädchen von acht Jahren schloß sich mir sogar mit einer gewissen Zärtlichkeit an, weil es von der alten Französin nicht gerade sehr liebevoll behandelt wurde. Da der Graf mit so gutem Beispiel voranging, wagten auch seine Untergebenen nicht, mir anders als mit größter Achtung zu begegnen. Ich lernte reiten, erhielt ein Pferd und eine Jagdflinte zu meiner Verfügung – kurz und gut, ich führte ein beneidenswertes Dasein, war glücklich in meinem Beruf und durfte auch mit meinen Erfolgen als Erzieher zufrieden sein.

Der Graf war viel abwesend, besonders im Winter, wo er sich monatelang in Wien und Budapest aufhielt. Aber mir wurde in der ländlichen Einsamkeit die Zeit darum nicht lang. Wenn ich mit meinen Schülern fertig war, trieb ich meine Privatstudien weiter, und Vergnügungen gab's auch genug. Schlittenfahrten, Eislauf, Pirsch – und gar der Tanz, wenn einmal Zigeuner einkehrten! – Da hörten wir, erst gerüchtweise, dann durch den Klatsch der Nachbarschaft – und endlich schrieb es der Graf selbst an den Haushofmeister, daß er sich mit einer jungen Dame in Wien verlobt habe und unmittelbar nach der Hochzeit, die bereits in den nächsten Wochen stattfinden sollte, mit seiner jungen Frau zu dauerndem Aufenthalt nach Nagy-Pálony kommen wollte.

Ich beteiligte mich natürlich voll Eifer an den Vorbereitungen zum glänzenden Empfange der Neuvermählten und ließ mich durch meine Verehrung für unsern lieben, gnädigen Herrn sogar zu einem lateinischen Karmen begeistern, welches Graf Lajos, der älteste der beiden Söhne, vortragen sollte. Die beiden jüngeren Geschwister, der Graf Koloman und die Komtesse Irma, sollten die neue Frau Mutter mit einigen deutschen Versen meiner Arbeit begrüßen. Ende Februar fand die Hochzeit statt und schon am Abend darauf der glänzende Empfang in Nagy-Pálony. Die Zigeuner brachten von Anfang an mit ihrer wilden Musik die rechte Stimmung hinein, die Zigeuner – und der feurige Wein, den der Graf freigebig für alle seine Dienstleute gespendet hatte. Auch die Kinder trugen ihre Gedichte ganz tapfer vor, ohne stecken zu bleiben. Der Graf dankte mir sehr freundlich für meine Aufmerksamkeit, und dann stellte er mich seiner jungen Frau als ihren Landsmann vor. Sie reichte mir ihre Hand – so eine kleinwinzige Hand; drei von der Größe hätte ich in meiner Tatze verschwinden lassen können! Sie war so jung und so schön! Mit ihren dunkelblauen großen Augen strahlte sie mich an. Das Blut schoß mir in den Kopf, es rauschte mir in den Ohren, ich hörte gar nicht, was sie zu mir sprach. – Es gab ein wundervolles Souper, an dem der Haushofmeister, der Administrator, der Rendant mit ihren Frauen, die Französin und ich teilnehmen durften. Und nach dem Essen gingen wir in das Musikzimmer. Die Frau Gräfin wollte den Flügel probieren. Dann sang sie uns ein paar deutsche Lieder und Arien vor. Ich hatte nie eine solche Stimme gehört und solch eine Kunst des Gesanges. Ich war nicht sehr musikalisch, obgleich ich ein wenig Geige spielte; aber so viel verstand ich doch, daß dies meisterhafte Gesangskunst war. Ich hatte sehr wenig getrunken bei Tische, denn ich wußte, daß ich nicht viel vertragen konnte, und ich war doch wie berauscht. ›Frau Gräfin müssen sehr glücklich sein,‹ sagte ich. Ganz keck ging ich auf sie zu, nachdem sie geendet hatte, um ihr das zu sagen. Sie lachte mich freundlich an und legte ihren Arm auf den des Grafen. Sie hätte auch alle Ursache, glücklich zu sein, sagte sie fröhlich. Sie sprach wie ein ganz junges Mädchen und lachte wie ein Kind, so glücklich war sie. Ich Tölpel aber erwiderte: ›Nein, das meine ich nicht. Weil Sie so schön singen können, müssen Sie sehr glücklich sein, meine ich.‹ Da lachten sie mich aus alle beide. Und der Graf sagte: › *Teremtete barátom,* unmäßig höflich sind Sie gerade nicht.‹ Ich konnte mich kaum auf den Füßen halten, so verwirrt war ich. Sie lachten alle, die Herren und die Damen, auch die, welche gar nichts verstanden hatten, und ich zog mich aus dem Kreis zurück. Nur ganz von ferne wagte ich, sie anzuschauen. Sie war so jung und so schön! Und der alte Graf war so verliebt – o, Sie können sich nicht vorstellen, wie er sie anschaute; er dachte wohl, man merke es nicht. Er unterhielt sich auch mit allen seinen Leuten und trank ihnen allen zu, denn es wurde fortwährend noch Champagner herumgereicht. Aber ich sah es wohl, wie seine Blicke an der feinen Gestalt der schönen, jungen Gräfin hingen. Seine Augen kamen mir heiß und grausam vor. Ich hätte aufschreien mögen und mich zwischen sie und den Grafen stellen, um diese Blicke von ihr abzuwenden, die sie brennen mußten, wie glühendes Eisen, meinte ich. Ich glaube, ich haßte meinen guten, gnädigen Herrn. Armer König Marke! Sie kennen doch König Marke?«

Ich nickte nur mit dem Kopfe. Er versank in Stillschweigen und starrte finster brütend vor sich hin. Niemand von uns sprach ein Wort. Erst nach einer längeren Weile hub er wieder an zu reden. Mit fest aufeinandergepreßten Zähnen knirschte er vor sich hin. Nur hin und wieder war ein Wort zu verstehen. »Schuft – elender, undankbarer, verräterischer Schurke!« Er suchte voll grimmiger Verbissenheit die schlimmsten Ehrentitel für sich zusammen. Plötzlich lachte er hart auf, ergriff mich beim Handgelenk und rief laut: »Wissen Sie, was ich mit dem Kammerdiener gemacht habe, der sich einmal unehrerbietig über die Gräfin äußerte? Ich habe ihm drei Zähne aus dem Lästermaul und die Nase zu Brei geschlagen. Und der gute König Marke hat mich dafür gelobt. – Viele von den vornehmsten Herrschaften der Umgegend kamen nicht mehr zu uns. Oder wenn sie kamen, ohne ihre Damen – weil unsere Frau Gräfin ihnen nicht fein genug war. Denn sie war keine ›Geborene‹; ihre Mutter sei Wäscherin gewesen, sagten sie. Es war aber nur der Neid, weil sie viel, viel schöner war als alle die andern Damen, und weil sie so hell lachen konnte wie ein Kind und Triller schlagen wie eine Nachtigall. Viel, viel zu fein war sie für die Gesellschaft. Gerade deshalb verfolgten sie sie mit böser Nachrede und suchten sie zu kränken, wo es ging, ohne daß ihnen der Herr Graf etwas anhaben konnte. Wie ich sie alle verachtete! Und die alte Französin haßte ich; denn sie suchte die Kinder gegen die Stiefmutter einzunehmen. Ich hatte jetzt meine Not mit den Kindern. Sie sagten, sie brauchten der neuen Frau Mutter nicht zu gehorchen, und mir wollten sie auch nicht mehr gehorchen, weil ich gedroht hatte, sie zu schlagen, wenn sie das noch einmal sagten. Hätte ich nur lieber mich selbst geschlagen, totgeschlagen, ehe der Teufel mich ganz in seine Gewalt bekam. Ich wußte es ganz genau, daß es nicht gut enden konnte. Aber es hätte nichts mehr geholfen – auch die Flucht nicht; nur ein rasches Ende konnte da helfen. Aber wenn ich sie lächeln sah, dann war's aus mit den guten Vorsätzen. Du mußt leben, um sie noch einmal lächeln zu sehen. Nur noch ein einziges Mal! Sie lächelte jetzt nicht mehr soviel wie früher. Meine Galgenfristen wurden immer länger. Sie hatte so vielen Ärger – und dann glaubte ich auch, fing sie an, sich zu langweilen auf Nagy-Pálony. Sie konnte doch nicht alles so haben, wie sie es gewohnt gewesen war in Wien. Und der alte Graf konnte auch nicht immer bei ihr sein. Er mußte oft über Land oder gar in die Hauptstadt, in Geschäften. Und dann freute ich mich, ich ehrloser Schurke! Ich freute mich, obwohl ich ganz genau wußte, was für Höllenqualen der Teufel in mir für mich bereit hatte, so oft die Gräfin allein im Schlosse zurückblieb.«

Er seufzte tief auf und drückte seine beiden großen Fäuste auf seine Augen. Dann fuhr er, seine Stimme zu einem heiseren Flüstern abdämpfend, also fort: »Das ging so fort, bis mitten in den Sommer hinein. Da ging meine Kraft zu Ende. Ich wußte, daß etwas kommen mußte, etwas Schreckliches, und ich war auf alles gefaßt. Anfang dieses Monats reiste der Graf in dringenden Geschäften nach Budapest. Vierzehn Tage gedachte er auszubleiben. Mit entsetzlicher Langsamkeit schlichen die Tage für mich dahin, und noch viel langsamer die Nächte. Ich fand fast keinen Schlaf mehr. Ich sah die Gräfin nur bei den Mahlzeiten. Überall sonst wußt' ich ihr aus dem Wege zu gehen, weil ich eine namenlose Angst vor allem Alleinsein mit ihr hatte. Und dann konnte ich es auch nicht mehr ertragen, mit ihr bei Tische zu sitzen, obwohl die Kinder und die Französin dabei waren. Ich ließ mich krank melden, um die Mahlzeiten auf meinem Zimmer einnehmen zu dürfen. Am letzten Abend vor der erwarteten Rückkehr des Grafen – es war ein so schöner Abend, ich glaube, alle Fenster im ganzen Hause waren offen – da hörte ich sie unten singen. Und wie ich ging und stand, ohne mir erst einen besseren Rock anzuziehen, ohne Manschetten sogar, lief ich die Treppe herunter mit meinen längsten Schritten und in das Musikzimmer – ich lief so rasch, damit mich ja nicht etwa ein vernünftiger Gedanke, einer von diesen quälenden, guten Vorsätzen einholen und aufhalten sollte. Ohne anzuklopfen betrat ich das Musikzimmer und ging bis dicht an den Flügel heran und fragte, ob ich zuhören dürfte. Ich weiß nicht mehr, was sie antwortete. Ich wäre auch nicht gegangen und wenn sie mich hätte hinausjagen wollen. Aber sie sang doch. Sie sang mit ihrer süßen Stimme von Liebe, von nichts als lauter Liebe sang sie. Und ich saß in einer Ecke und hörte ihr zu, bis sie sagte, daß sie nicht mehr singen wollte. Da ging ich zu ihr und nahm ihre kleinwinzige Hand zwischen diese beiden großen Tatzen. Ich sagte nichts; aber sie wußte, daß ich ihr danken wollte. Und ich sah ihr in die Augen, und ihre Augen fragten mich ganz ernsthaft. Sie wurde blaß und griff mit einer Hand hinter sich nach dem Flügel. Nun wußte sie es also. – Ich ging hinauf auf mein Zimmer und lehnte zum offenen Fenster hinaus. Ich hörte die Stunden schlagen; die große alte Uhr unten in der Vorhalle immer um eine, zwei Minuten voraus. Und dann kam die Glocke vom Kirchturm hinterdrein. Es gehörte sich so, daß die herrschaftliche Uhr vor der Dorfuhr das Wort nahm, dachte ich und lachte darüber. Das war aber das einzige, was ich dachte. Ich weiß nicht, wie mir sonst die Zeit verging. Ich war ganz ruhig. Aber beim ersten Schlage der Mitternachtsstunde war es mir, als ob ein fürchterliches Sausen sich in der Luft erhöbe. Ein blutroter Schein erleuchtete plötzlich den ganzen Himmel, und ein glühender Hauch schlug mir ins Gesicht. Es war mir, als wenn meine Haare in Flammen stünden. Ich deckte beide Hände über meinen Kopf und duckte mich zur Seite. In dieser Stellung horchte ich, ob auch die Dorfuhr zwölf schlagen würde. Tat sie es nicht, dann sollte es nicht sein, das, wozu ich jetzt entschlossen war. Aber sie schlug doch – ich zählte bis zwölf, es mußte geschehen. – Auf den Strümpfen schlich ich die Treppe hinunter, im Finstern; ich brauchte die Augen nicht zu dem Weg, den ich ging. Und ich schritt lautlos durch die weiten Gemächer bis an die Tür ihres Schlafzimmers. Da ging die Tür von selbst auf, und auf der Schwelle stand die Gräfin. Die Lampe brannte noch bei ihr, mit dem roten Schirm darüber. Alles war in Rot getaucht – auch das weiße, faltige Gewand, das sie an hatte. Ihr Haar, das wunderbare, weizengelbe Haar mit dem roten Schimmer von der Lampe darüber, das hing ihr aufgelöst über die Schultern und tief herab. Und die weiße Kehle, aus der die Nachtigallentriller kamen – ich sah nur diese Kehle – und da packte mich die Raserei und ich spreizte meine plumpen Tatzen weit auf, um ihr die Kehle zuzudrücken. Sie sollte nicht schreien. Aber denken Sie, daß sie Furcht zeigte? O nein; sie blieb ruhig stehen und lächelte und sagte nur ganz leise: ›Endlich ich wußte es ja.‹ Ich sank vor ihr auf die Knie nieder, und sie zog die Türe hinter mir ins Schloß.«

Er schwieg. Er keuchte schwer. Abwechselnd schloß und spreizte er die Finger und rieb die Handflächen auf seinen Knien trocken. Herr von Szépácsnyi hatte seine Virginia ausgehen lassen und beobachtete aufmerksam sein Gebaren. Ich suchte seinen Blick, aber er vermied es, mich anzuschauen. Der Kammerdiener oder was er war, hatte sich allmählich aus seiner Ecke herausgeschoben und saß nun dicht neben meinem unheimlichen Nachbar.

Durch zwei Stationen waren wir bereits ohne Aufenthalt hindurchgedonnert, ehe er wieder zu reden begann. Es war Abend geworden im dämmerigen Coupé. Die Lokomotive ließ einen langgezogenen Pfiff ertönen, und ein andrer Zug kreuzte rasselnd dem unseren vorbei.

Da fuhr mein Nachbar endlich aus seinem fieberischen Brüten auf und rief heiser: »Der Graf! Der Graf! Es war schon Tag, blutrot der ganze Himmel wie um Mitternacht. Aber so früh hatten wir ihn nicht erwartet. Ich hörte seine Stimme unten in der Vorhalle, und ich floh. So erbärmlich feige war ich, daß ich entfliehen konnte! Anstatt daß ich tat, was doch das einfachste war: sie erdrosseln und dann auch mit mir ein rasches Ende machen. Das wäre gestorben gewesen wie ein Gott! Aber ich lief davon, ich rannte die Treppe hinauf, die Bodentreppe, wissen Sie, die schmale Bodentreppe. Das ganze Haus war schon auf, sie hatten mich alle gesehen. Und die Kinder waren aus ihrem Schlafzimmer herausgekommen und hatten nach mir geworfen, ich weiß nicht womit. Ich hörte sie schreien hinter mir, und an meinem Kopfe flog etwas vorbei. Aber die Bodentür war zu, verriegelt und verschlossen. Ich hörte die Hunde hinter mir bellen und die Kinder schreien, und ich warf mich mit aller Kraft gegen die Tür. Einmal, zweimal, dreimal, da rissen sich die eisernen Krampen aus den Nägeln, das Vorlegeschloß und der Riegel polterten herunter und ich stürzte vornüber auf die Dielen. Der halbe Boden stand voll alter Möbel, denn es waren einige Zimmer neu eingerichtet worden für die junge Gräfin. Und ich nahm einen Stuhl und schleuderte ihn gegen die beiden großen Hunde, die eben die Treppe hinaufsprangen. Aber was ist ein Stuhl? Ein Kieselstein gegen ein Rudel Wölfe geschleudert! Und ich schob eine schwere Kommode bis an die Tür und stürzte sie die Treppe hinunter. Ein Kind konnte darüber hinwegklettern. Das war ja auch nichts wert. Und ich stieß den Kleiderschrank um mit einer Hand, und dann stemmte ich ihn mit den Händen und den Knien fort, und hurra! die Treppe hinunter mit ihm. Aber es war, als ob man ein Leck mit Sägespänen stopfen wollte, ein elendes Häufchen Trümmer; wie wenn man aus losem Sand einen Kegel formen wollte: es sickert alles so an den Seiten herunter wie nichts und wird und wird nicht höher. Und ich nahm alte Koffer und Betten und ein Dutzend Stühle und Tische – da war es endlich genug. Die ganze Treppe war ausgefüllt und bis oben an die Decke reichte die Barrikade. Nun war ich zufrieden. Ich wischte mir den Schweiß von der Stirn. Ich war ganz lustig, die schwere Arbeit hatte mir so wohl getan. Ich sah mich um auf dem leeren Boden und lauschte. Merkwürdig: es war eine Totenstille. Ich hatte noch das wahnsinnige Geschrei meiner Verfolger in den Ohren und das Krachen und Poltern der Möbel auf der Treppe – und nun auf einmal diese Grabesstille!

»Ich stand und horchte: ich horchte angestrengt, den Blick fest auf die Bodentür gerichtet. Es wurde mir unheimlich, daß ich so gar keinen Laut vernehmen konnte. Ich begann zu zittern, und an meinem Rückgrat kroch es kalt herauf wie zwei langsam vorwärts tappende eisige Finger. Und dann hörte ich plötzlich hinter mir einen merkwürdigen Ton oder eigentlich zwei Töne, fein und schrill. Ich lauschte gespannt. Es klang, wie wenn man auf der Geige, immer abwechselnd, das *e* auf der leeren Saite und dann das mit dem vierten Finger auf der A-Saite anstreicht – ein mattes und ein helles *e* – immerzu. Es war ohne Zweifel eine Geige und jemand stand hinter mir, der die Geige strich; aber ich wagte nicht, mich umzuschauen. Und jetzt kam es näher. Von der Seite her bohrte sich der Ton in mein Ohr – ein paar Schritte noch, da mußte ich ihn sehen, der so wahnsinnig öd und schaurig geigte. – Und da war er! Er ging immer weiter; ganz ruhig setzte er ein Bein vor das andre, lautlos, taktmäßig beschrieb er seinen Kreis um mich herum. Und immerfort e ... e ... leere Saite, vierter Finger. Er war ungefähr von meiner Größe, ganz dürr und steckte in einem lächerlich engen, grauen Anzug. Ein Zigeuner war es nicht; es war überhaupt nichts Menschliches – nichts, was jemals ein Mensch gehört oder gesehen hat. Er hatte ein Gesicht, denn es waren ein Paar Augen darin, schwarze, kleine Augen, wie kleine, blanke, harte Stiefelknöpfe; sonst hatte das Gesicht gar keine Form. Es war schwärzlich grau und rissig wie die Schale einer Kartoffel, die man in Asche gebacken hat. – Und nun war's wieder hinter meinem Rücken, lautlos marschierte es weiter, immer im Takt e ... e ... leere Saite, vierter Finger ... Ich stand wie festgenagelt auf meinem Fleck und vermochte kein Glied zu rühren. Und doch war mir's, als drehte sich mein Oberleib immer gleichmäßig mit dem Fortschreiten des Geigers herum, als würde mir das Rückgrat in meinem Leibe abgeschraubt, so ein Gefühl hatte ich. Und es wandelte immer im Kreise um mich herum. Wie oft, weiß ich nicht; aber die Kreise wurden immer enger und das e immer schriller – und jetzt stand es vor mir still. Es nahm die Geige unter den Arm und zog die Schraube am Frosch an, daß sich der Haarbezug straffte, dann setzte es die Spitze des Bogens gegen einen schrägen Dachbalken und prüfte, vorsichtig drückend, die Spannung. Und nun faßte es mich fest ins Auge, zielte sorgfältig – und stieß mir den Bogen mitten durchs Herz. Es tat gar nicht weh. So leicht bohrte er sich durch, als ob das Herz weiche Butter gewesen wäre. Ich brach zusammen und lag lang ausgestreckt auf der Diele. Aber ich war noch nicht gleich tot. O nein! Ich sah noch, wie es den Bogen wieder herauszog und sorgfältig an seinem Ärmel abwischte. Dann beugte es sich über mich und bohrte mir mit seinen beiden Zeigefingern ganz sanft und rein die Augen aus und warf sie gleichgültig beiseite. Und dann hob es den rechten Fuß und setzte ihn auf mein rechtes Auge und dann ebenso den linken Fuß auf mein linkes Auge – und so – glitt es in mich hinein, die ganze Gestalt – ganz mühelos, als ob da gar nichts weiter dabei wäre. Das war das letzte. – Von da ab weiß ich nichts mehr. Ich weiß nur, daß es in mir ist, daß es mich mit sich selbst durchdrungen hat, ganz und gar bis in die letzte Pore. Da sehen Sie mich vor sich. Ich existiere, ich atme, ich rede; es ist doch gar kein Zweifel an mir, aber ich bin nicht mehr ich – ein Wildfremder bin ich mir geworden. Niemand kennt mich!

Ich habe sie alle wiedergesehen. Der Graf hat mich auf die Schulter geklopft, die Kinder haben mir die Hand gegeben und die Gräfin hat mir selber Zucker in den Tee geworfen und ganz freundlich dabei gelächelt, als ob nichts passiert wäre. Aber niemand konnte mir sagen, wer ich bin. Kein Mensch weiß es! Aber ich habe meinen Kopf darauf gesetzt, es zu erfahren – und wenn ich die ganze Welt von einem Pol bis zum andern durchwandern müßte! Bemühen Sie sich nicht, mein Herr, ich seh' es Ihnen an, Sie wissen ja auch nichts.«

Er lehnte sich gegen das Polster zurück, ein verächtliches Lächeln spielte um seinen Mund.

Ich saß da wie erstarrt. Meine Hände waren eiskalt, die grausige Erzählung hatte mein Blut stocken gemacht. Ich war nur heilfroh, daß er keine Meinung von mir hören wollte. Erst nach einer längeren Weile wagte ich es, gewissermaßen hilfesuchend nach Herrn von Szépcsányi hinüberzublicken. Der spielte mit den weißen Fingern in seinen glänzend schwarzen Bartkoteletten und lächelte. Er vermochte es wirklich, zu lächeln – nach einer solchen Erzählung! Welch ein abgebrühter Zyniker mußte das sein! Und jetzt beugte er sich vor, klopfte dem armen, wahnsinnigen Menschen freundschaftlich aufs Knie und sagte: »Wissen S', mein Lieber: es ist doch jammerschad, daß S' den Mann net um sein' Namen g'fragt haben, bevor er eing'stiegen is.«

Herr Hagemann fuhr auf, runzelte die Stirn und sah seinem Gegenüber mit finsterem Ernst in die Augen. Dieser hielt den Blick ruhig aus, der andre lehnte sich wieder zurück, starrte nach der

Decke und murmelte nachdenklich vor sich hin: »Ja, das hätte ich freilich tun sollen. Aber das ist nun zu spät. Vielleicht hatte er auch gar keinen Namen. Wie kann man einen Namen haben, wenn man kein Gesicht hat!« Und er versank in tiefes Nachdenken.

Auf der nächsten Station wurden die Lampen angezündet. Herr Hagemann war nun ganz ruhig geworden. Eine Weile noch starrte er in die Lampe, dann sank ihm das Haupt auf die Brust, und bald war er fest eingeschlafen.

Sobald ich dessen sicher war, setzte ich mich zu Herrn von Szépcsányi hinüber und fragte ihn, was das alles zu bedeuten habe. Er stellte sich mir als Direktor einer Privatirrenanstalt in Pest vor und entschuldigte sich, daß er mich durch die Gegenwart eines Wahnsinnigen, den er mit Hilfe des Wärters in seine Anstalt überzuführen im Begriff sei, habe belästigen müssen. Es sei leider kein leeres Coupé vorhanden gewesen.

»Aber sagen Sie mir um Gottes willen, was ist denn Wahrheit an dieser ganzen entsetzlichen Geschichte?«

»Nichts. Oder so gut wie nichts,« versetzte der Arzt achselzuckend. »Der ›edle, hochherzige Graf‹, der ›arme König Marke‹ ist ein alter Lebemann, der die Dummheit begangen hat, eine hübsche Wiener Operettensängerin trotz ihrer sehr pikanten Vergangenheit zu heiraten. Der arme Teufel da hat sich heillos in sie verbrennt. Die Gräfin wird ihm halt ›Augen‹ gemacht haben, und er hat sich darum was eingebildet. Passiert is nix zwischen ihnen, aber auch rein gar nix. Er leidet, wie soll ich sagen: an Hypertrophie des sittlichen Bewußtseins; sein überzartes G'wissen hat ihn verrückt gemacht. Ein tragischer Fall, gelln S'?«

»Haben Sie Hoffnung, ihn zu heilen?«

Er zog die Achseln bis fast an die Ohren hinauf.

Der Blüthner-Flügel

Es ist eine seltsame Geschichte, die ich erzählen will, aber mein Gewährsmann, ein wohlhabender Gutsbesitzer in Ostpreußen, da herum angegessen, wo schon die richtige Polackei beginnt, versicherte mich hoch und teuer, daß er sie selbst erlebt habe. Und so mag er sie denn auch selbst erzählen.

»Also denken Sie sich, was mir mit meinem Blüthner-Flügel passiert ist, – das heißt, eigentlich war's meiner Frau ihr Blüthner-Flügel. Mein Frauchen ist nämlich sehr musikalisch und spielt gar nicht übel Klavier, und da war's wohl weiter nicht merkwürdig, daß ihre Eltern ihr einen funkelnagelneuen Blüthner-Flügel als eines der Hauptstücke ihrer Ausstattung mit in die Ehe gaben. Das Ding stand in unserm Salon, der »kalten Pracht« – so geheißen, weil er im Winter nur bei festlichen Gelegenheiten geheizt wurde – und die Dienstmädchens hatten einen Heidenrespekt davor, weil es mit seiner glänzenden Politur wahrhaft magnetisch den Staub anzog und mein Olgachen sehr unangenehm werden konnte, wenn sie auch nur das kleinste Kratzerchen darauf bemerkte. Im ersten halben Jahre unserer Ehe spielte sie ja noch ziemlich häufig darauf, und dann konnte ich stundenlang in der Ecke auf unserm feinsten Fauteuil sitzen und ganz artig zuhören, obwohl ich unmusikalisch wie ein Kettenhund bin. Aber wie das so geht im heiligen Ehestand, die sanften Tugenden des Mannes und die feineren Talente der Damen verlieren sich mehr oder minder *peu à peu*. Im ersten Winter fing schon das Sparen mit der Heizung an, und wie denn nun das Frühjahr wieder herankam, da behauptete mein Frauchen, die Finger wären ihr steif geworden, und sie wäre zu sehr aus der Übung gekommen. So war denn das schöne Instrument bereits darauf beschränkt, uns mehr durch seine Politur als durch den Glanz seiner Töne zu imponieren. Trotzdem ließen wir es gewissenhaft alle halbe Jahr einmal stimmen, denn wir hatten ja auch musikalischen Verkehr; und meine Frau meinte, wenn der Kleine erst da wäre, würde sie schon wieder zu spielen anfangen.

Es war in einer Nacht anfangs Mai. Wir hatten den Abend ein bißchen was Gut's gegessen und ich mochte ja wohl nicht eben bescheiden gewesen sein – mein Gott, im eigenen Hause und wenn's einem doch mal schmeckt, nicht wahr? Also infolgedessen habe ich eine unruhige Nacht und träume schwer. So 'ne ganz wüste Verfolgungsgeschichte, wissen Sie; sie waren hinter mir her wie zehntausend Teufel und ich in meiner Angst renne und renne immerzu und ich kann schon gar nicht mehr japsen. Da komme ich an einen Abgrund und unten ist ein See mit tintenschwarzem Wasser. Also, ich ohne Besinnen hineingesprungen, denn auf der andern Seite war das Ufer flach und es war immerhin eine Möglichkeit, sich durch Schwimmen zu retten. Aber wie ich mitten im See bin, geht mir doch, weiß Gott, die Puste aus und außerdem kriege ich einen Wadenkrampf. Na nu war's aus mit mir. Ich schlucke Wasser und tauche unter, und kann nicht mehr in die Höhe und strample aus Leibeskräften und es hilft doch alles nicht. Bei dieser Gelegenheit könnt' ich es nun erproben, daß es wirklich der schönste Tod sein muß, zu ertrinken. Diese Melodien, wunderbar! Halleluja mit Harfenschlag – so was können Sie sich gar nicht vorstellen!

Ich horche gespannt und andächtig zu, wie in der Kirche. Es wird mir ganz fromm und gerührt zumute. Da höre ich mit einmal eine bekannte Stimme: »Kasimirchen, bist du wach? Hörst du's auch?« Und nun dauerts nicht lange, da bin ich ganz munter und merke, daß ich in meinem Bett aufrecht sitze und meine Frau ist ganz nahe zu mir herangekrochen und umklammert meinen linken Arm mit ihren beiden Patschen.

»Jawohl,« sage ich, »Olga, mein Mäuschen, ich hör's auch. Was kann das man bloß sein? Ich dachte schon, ich wäre im Ersaufen. Ich habe so 'en bösen Traum gehabt.«

»Sei doch still und horch doch bloß,« flüstert mein Olgachen, ganz aufgeregt an meiner Seite: »Da spielt wer auf unserem Flügel,« sagt sie.

»Nee,« sage ich, »Olgachen, mein Mäuschen, das ist ja Unsinn; wer soll denn mitten in der Nacht auf unserm Flügel spielen? Es kann's ja doch kein Mensch im Hause – nicht mal Mikulski, obschon er Graf ist.« »Mikulski« war nämlich unser Kutscher und von Hause aus wirklich Graf, was aber in der Polackei nicht viel bedeuten will. Auf Pferde verstand er sich, alles, was recht ist, aber für Klavierspielen war er nicht engagiert und ich hätte schwören mögen, daß er davon keinen blassen Dunst hatte.

»Weißt du, Olgachen, mein Mauschen,« sage ich zu meiner Frau, »du wirst dir auch was Schönes geträumt haben. Wir werden uns alle beide noch was Schönes träumen, – leg dich nur wieder aufs Ohr und schlafe.«

»Ach Gott, ach Gott, wo kann ich denn!« seufzt mein Frauchen. »Ich hab' ja solche Angst! Ich hör' doch bestimmt, daß das mein Flügel ist, und es spielt einer darauf.«

»I wo,« sagte ich wieder, obwohl ich selber wahrhaftig auch nicht wußte, wie ich daran war mit der Geschichte. »Olgachen, mein Mauschen, das klingt so schön – das klingt noch viel schöner, als wenn du darauf spielst – es kann nicht dein Flügel sein; wir werden Ohrensausen haben alle zwei beide. Es wird von dem Punsch kommen.«

»Aber das ist doch das Nocturno von Chopin und vorhin war's etwas von Liszt, ich hab' es ganz genau erkannt,« sagt mein Frauchen wieder. »Kennst du denn das Nocturno von Chopin nicht?«

»Nee,« sage ich, »Olga, mein Mauschen, ich kenne es nicht, aber ich will mal eben Licht machen und nachsehen.«

Nu wird meine Frau ganz nervös und zapplig und klammert sich an mich. »Tu's nicht, Kasimirchen,« sagt sie ganz heiser und mit zittriger Stimme, »es hat so was Übernatürliches. Glaubst du an Geister?«

»Nee,« sage ich, »aber ich werd' mal, wie gesagt, eben nachsehen,« und dabei fahre ich ganz resolut mit beiden Fußen zugleich aus dem Bette und ritsch! mache ich Licht an. Ich schlüpfe in meinen Schlafrock und nehme den Revolver zur Hand, der schon auf dem Nachttischchen parat lag, denn es war neuerdings wiederholt in der Umgegend eingebrochen worden. Aber wie ich nun mit dem Schlafrock und dem Licht und dem Revolver aus der Stube hinaus will, da quietscht und jammert mit einmal meine Frau, mein Olgachen, wie so' ne ganz kleine Marjell: Ich soll sie nicht allein lassen, sie müßte sich ja im Finstern zu Tode graueln. Und dabei war sie auch schon heraus aus dem Bett und steht in ihrem langen, weißen Nachthemd vor mir mit gefalteten Patschen, ganz jämmerlich.

»Nu,« sage ich, »denn komm schon mit und sag' dem Gespenst guten Abend. Aber zieh dir was Warmes dazu an.« Da kriecht sie denn auch ganz gehorsam in ihren warmen wollenen Morgenrock und in die Pantoffeln, die mit weißem Schwan gefüttert waren, und kriegte mich an der Kordel von meinem Schlafrock zu packen und so zogen wir denn nu los. Erst ganz sachtchen die Treppe hinunter, daß man es ja nicht tapsen hörte, und dann ganz vorsichtig auf den Zehen durch den langen Korridor, bis vor die Türe der »kalten Pracht«. Ja, ich muß Ihnen sagen: sehr gemütlich war mir die Geschichte gerade nicht. Wenn man sich einen Schlafrock anzieht und mit Licht und Revolver bewaffnet die Treppe hinuntersteigt, dann schläft man doch ohne Zweifel nicht mehr; an Mondsucht habe ich nie gelitten und mein Olgachen, mein Mauschen auch nicht. Außerdem schien gar kein Mond. Je näher wir der kalten Pracht kamen, desto deutlicher hörten wir das Klavierspiel. Nu, aber sein bißchen Courage hat man doch und ich gehe also Schritt vor Schritt auf das Geheimnis los, obwohl mein Frauchen zittert wie Espenlaub und sich so fest an der Kordel meines Schlafrockes hält, daß ich wirklich Mühe habe, sie von der Stelle zu bringen. Ich tue, als ob ich, wer weiß, wie vergnügt wäre und flüstere noch so ganz leise: »Nu, beruhige dich doch Olgachen, mein Mauschen, laß es man dreist ein Geist sein: böse Geister haben keine Lieder.«

Und dann mache ich ganz leise die Tür auf und halte die Hand vors Licht und gucke ganz vorsichtig um die Ecke. Na, ob Sie mir's nun glauben oder nicht, ich sage Ihnen, da saß, wahrhaftigen Gott, vor unserm Blüthner-Flügel ein Mannsbild, ein Kerl, schwarz wie der Teufel mit einem struppigen, schwarzen Bart und langen, schwarzen Künstlerlocken. Ein Geist war's jedenfalls nicht und der Graf Mikulski auch nicht – so viel war mal sicher. Der Kerl hatte ein Blendlaternchen vor sich auf dem Flügel stehen und der Schein davon fiel ihm gerade ins Gesicht. Von seiner Gestalt konnte ich sonst nichts weiter sehen. Er beugte sich über die Tasten und spielte immer weiter. Großartig sag' ich Ihnen! In jedem Konzert hätte ich gut und gerne drei Mark dafür gegeben – aber in meinem Salon auf Groß-Zabrce, des Nachts um halber Zweie und ohne mir im geringsten vorgestellt zu sein ... na, wissen Sie, die Sache fühlte sich doch ein bißchen eklig an! Er merkte ja von gar nichts, so weg war er in sein eigenes Spiel. Ich muß gestehen, ich hatte keine Ahnung, welche Art von Benehmigung diesem Herrn gegenüber angebracht sein mochte, denn wenn einer so schön Klavier spielt, so pflegt es doch im allgemeinen ein Mensch zu sein, zu dem man mit gutem Gewissen Sie sagen kann.

Mein Mauschen hatte sich inzwischen neben mich auf die Schwelle gedrängt und guckte, weiß wie ein Laken, mit so großen Augen um die Ecke und bibberte dabei wie Weingelee. Und weil wir doch das Kleinchen demnächst erwarteten, so hatte ich Angst, die Aufregung könnte ihr schaden und dachte: du wirst's mit einem Witz versuchen. Es dauerte auch nicht lange, da fiel mir etwas ganz Nettes ein und ich flüsterte ihr zu: »Du Mauschen, es wird der Rubinstein auf der Durchreise sein, der uns die Ehre gibt.«

Da wird sie ganz böse und gibt mir einen Schubs, daß ich gegen die Tür stoße – und die fliegt auf und ich stehe auf einmal mitten im Zimmer, ich weiß nicht wie, mit meinem Licht und meinem Schlafrock und meinem Revolver, und mein Mauschen hält mich noch von weitem an der Kordel fest.

Na, nu merkte der Mensch ja endlich, daß er nicht mehr allein war und springt auf und klappt den Deckel seiner Laterne zu. Kein Wort sagt er und rührt sich nicht von der Stelle – und wir uns auch nicht. Ich fasse mich zuerst wieder und sage zu meinem Mauschen: »Duchen, laß mich los und setz' dich da in die Sofaecke, ich werde mal mit dem Herrn reden.«

Und wie ich mein Olgachen glücklich in die Sofaecke gekriegt habe, da gehe ich denn nu energisch auf meinen Künstler zu. Den Leuchter hielt ich weit vorgestreckt, so daß ich ganz gut sehen konnte, was er tat. Wie ich also bloß noch ein paar Schritte von ihm entfernt bin, kriegt er mit einmal den Klaviersessel zu packen, hebt ihn hoch und schnauzt mich an: »Rühren Sie mich nicht an, Herr, oder – –«

Da zeige ich ihm ganz ruhig meinen Revolver und sage: »Bitte sehr, ich bin selbst versehen. Man keine Bange – möchten Sie nicht so freundlich sein und mir sagen, wie Sie zu dieser Stunde hier hereinkommen, mein werter Herr?«

»Serr einfach, durch dem Fenster,« erwiderte er mir, und zwar in einem unzweifelhaft polnischen Akzent. Ich werfe einen raschen

Blick hinter mich nach dem Fenster und sehe, daß eine Scheibe eingedrückt ist mit Hilfe eines Pechpflasters. Da hatte er also durchgelangt und von innen aufgeriegelt.

Na, nu wußte ich ja eigentlich genug; aber merkwürdig war die Geschichte darum doch. Ich trete also noch einen Schritt näher und halte ihm den Revolver nicht gerade ins Gesicht aber doch in einer Entfernung, wie sie mir zu meiner Sicherheit und zur Erzeugung des nötigen Respektes seinerseits notwendig schien. Meine Courage und meinen Humor hatte ich ja nun, Gott sei Dank, wieder beisammen. Dann sagte ich: »Sie sind Künstler, mein Herr, wie ich gehört habe, darf ich um Ihren Namen bitten?«

Da stellt er den Klaviersessel wieder an seinen Platz, läßt sich schwer darauf plumpsen und sagt: »Wie ich heiße, ist einerlei – ich bin ein Lump« – und dann legt er die Stirn auf den schönen blanken Deckel von unserm Blüthnerflügel und fängt, bei Gott, zu flennen an.

Nun war ich doch, das können Sie mir glauben, so erstaunt, daß ich nichts zu sagen wußte. Ich setze mich also zu meinem Mauschen in die Sofaecke und fasse sie um und sage gar nichts. Ich denke mir: mal muß er doch zu flennen aufhören und denn werden wir ja weiter sehen. Und mein Mauschen weiß auch nichts zu sagen und drückt mir nur immer die Hand, starrt auf den merkwürdigen Menschen mit den schwarzen Künstlerlocken und guckt sich rein die Augen aus dem Kopfe. Mit einmal habe ich eine gute Idee: »Mauschen,« flüstere ich ihr ganz leise ins Ohr, »geh, hole ihm einen Schnaps.« Na, das tut nun mein Mauschen auch, und wie sie wiederkommt und das Schnapsglas vor ihn auf den Klavierdeckel stellt, da hebt der Mensch den Kopf auf und guckt mein Olgachen an, mit Augen, sag' ich Ihnen, mit Augen – ich weiß nicht, wie ich mich ausdrücken soll – ich möchte sagen, mit polnischen, katholischen und musikalischen Augen. Und dann nimmt er das Schnapsgläschen zwischen zwei Finger und sagt: »*Merci, Panna, prosit!*« und kippt den Kümmel, haste nicht gesehen, runter. Und dann legt er los mit seiner Geschichte. »O, ich verdiene nicht,« sagt er, »ich bin ein Lump, bitte, lassen mich gefälligst einsperren, gnädige Herrschaften. Ich werde nicht davonlaufen, ich werde in Gefängnis gehen. Ich bin ein Lump. Es ist nicht möglich, mich zu verbessern. Ich war ein Kinstler – ich kann wohl sagen, ein bedeitender Kinstler. Ich habe alles durchgebracht mit Champagner und Frauenzimmer und was dazu gehört – nobbel, hab' ich gesagt, muß die Welt zugrunde gehen. In Warschau und Petterburg und Berlin und iberall bin ich gewesen und hab' gespielt in Konzert, nobbel, immer nobbel, bis ich hab' alles durchgebracht. Dann hab' ich nicht mehr können auftreten in nobbler Gesellschaft, hab' ich gespielt in Tingeltangel und Schnaps getrunken, weil zum Champagner kein Geld mehr gehabt habe. Hab' ich gehabt geheiratet Sängerin aus Tingeltangel; haben wir uns geprigelt alle Tage, weil ich nicht verdient habe und sie hat mir nicht Geld gegeben zu versaufen. Hab' ich Unterschrift gefälscht unter Wechsel. Bin ich in Gefängnis gekommen – und dann war ganz aus. Hab' ich angefangen, lange Finger zu machen – bin ich ganz gemeiner Lump geworden. Hab' ich gebettelt, gestohlen, daß ich wieder kann in mein Heimat kommen, nach Pollen zu mein Mutterchen. Bin ich eingebrochen, sehr geehrte Herrschaften, bei Ihnen, hab' ich wollen stehlen. Aber, wie ich hab' gesehen wunderschöne Blüthnerflügel, hat mich gepackt die musikallische Leidenschaft. Bin ich geworden wie ein Narr, ganz verrickte. Hab' ich viele Jahre nicht unter die Finger gehabt so schöne, feine, liebe Instrument.«

Und nu hätten Sie ihn mal sehen sollen, wie er den wüsten schwarzen Lockenkopf auf die linke Hand stützte und mit der Rechten über die Tasten fingerte, als ob er das Elfenbein zärtlich streicheln wollte. Mein Mauschen und ich, wir saßen noch immer umgefaßt in der Sofaecke und sagten gar keinen Ton. Und, wie der Mann merkte, daß er nicht gestört wurde, nahm er die linke Hand auch dazu und spielte so schön, daß mir ordentlich angst und bange dabei wurde, obschon ich, wie gesagt, so unmusikalisch wie ein Kettenhund bin. Und mein Mauschen hatte gar die Guckelchen voll Wasser. Wenn ich nicht dabei gewesen wäre, ich glaub' wahrhaftigen Gott, sie wäre dem schwarzen Muschkilapki um den Hals gefallen – aber das konnte ich ja natürlich nicht dulden – besonders, weil wir das Kleinchen erwarteten, und man weiß doch nie, was solche Sachen für einen Einfluß haben. Also, inmitten in der schönsten Musik führe ich mein Mauschen ganz sachte aus der kalten Pracht hinaus und bringe sie mit sanfter Gewalt wieder ins Bett. Und dann warte ich noch so ein halbes Stündchen bis sie richtig eingeschlafen ist, ehe ich wieder zu meinem Künstler hinuntergehe. Ich dachte mir doch, er wird die Zeit benutzen und wieder durchs Fenster verduften, wie er gekommen war. Aber nein, was glauben Sie? Ist ihm gar nicht eingefallen! Wie ich hinunterkomme in die kalte Pracht, ist's ganz stille da; aber vor dem Flügel sitzt immer noch mein Künstler und hat die Arme weit über den Deckel ausgebreitet, als ob er den Blüthner umarmen und an sein biederes Lumpenherz drücken wollte, und die Stirn liegt wieder auf dem Deckel – und so schläft er ganz fest – ich hätte bald gesagt: den Schlaf des Gerechten. Und aussehen tat der Kerl – ich sage Ihnen, nicht mit der Feuerzange anzufassen! So habe ich ihn also auch nicht angefaßt und habe ihn ruhig schlafen lassen. Und dann bin ich hinausgegangen und habe mir den Nachtwächter gekauft, den Duselkopp, der nichts gehört und nichts gesehen hatte, und dann bin ich in den Pferdestall, und habe mich mit meinem Grafen Mikulski besprochen.

Nu, und am andern Morgen, ganz in der Frühe, sind wir drei hinein in die »kalte Pracht«, und da hat mein polnischer Künstler noch fest geschlafen und unsern Blüthnerflügel umarmt gehalten. Der Mensch tat mir so leid, ich kann's gar nicht sagen. Ich bin sonst im allgemeinen ziemlich höflich gegen Künstler und solche Leute; aber wenn sie sich nebenbei vom Einbrechen ernähren, so muß ich doch sagen, da hört sich die Gemütlichkeit schließlich auf. Na, und er hat sich ja auch weiter gar nicht geziert, sondern sich ruhig festnehmen lassen. Und dann hab' ich ihm meine Equipage zur Verfügung gestellt, um nach der Kreisstadt zu fahren. Ich habe nie wieder was von dem merkwürdigen Lumpen gehört.

Mein Mauschen mußte nachher die Tasten mit Spiritus reinigen, denn der große Künstler hatte sich offenbar lange nicht mehr die Pfoten gewaschen. Und die Stelle, wo seine Stirne geruht hatte, war auch so leicht nicht wieder blank zu kriegen, aber mein Mauschen behauptete trotz alledem, daß unser Blüthner sich nur geehrt fühlen könnte durch die nähere Berührung mit so einem echten Künstler. Sie meinte, man sähe es ihm ordentlich an, wie er sich stolz gehoben fühlte, der Flügel – das heißt – *nach* der Reinigung!

Ja, sehen Sie, das ist die Geschichte, die ich Ihnen erzählen wollte. Sie mögen mir's nun glauben oder nicht, sie ist buchstäblich wahr und ich spreche noch jetzt manchmal zu meinem Mauschen, wenn ich's mal ein bißchen ärgern will, weil sie so selten den schönen Flügel benutzt ...»Nu, Mauschen, sag' ich,»willst du nicht mal die Diebsfalle aufklappen?«

Der seidene Schipongs

Die Prielmayerischen waren nur kleine Leut'. Die Mutter war arg
fromm und der Vater pflegte sich an allen hohen Kirchenfesten
etliche Maß über den Durst zu vergönnen, vom heiligen Josef angefangen, den er seiner engen Beziehungen zum »Salvator« halber
unmittelbar hinter den Herrgott einordnete, bis herab zum heiligen
Benno, der als Münchner Stadtpatron doch auch nicht ganz ver-
nachlässigt werden durfte; aber sonst waren die Prielmayerischen
wirklich schon recht ordentliche Leut' und brachten mit ihrer Hände Arbeit als Säckler und Taschner, verbunden mit der Hausmeiste-
rei, sich selbst mit ihren fünf Kindern recht und nicht gar zu
schlecht durchs Leben. Nun die Älteste, das Katherl, bereits ins
achtzehnte Jahr ging und der älteste Sohn schon ein wenig zu ver-
dienen begann, schien es, als ob endlich bequemere Tage für das
Ehepaar anheben wollten. Das jüngste Mäderl war ja auch schon
bald zehn Jahre alt und brauchte nimmer viel Aufsicht, so daß die
Frau sich öfters und ohne Sorgen von daheim entfernen durfte, um
mit vermehrter Inbrunst dem Besuch der heiligen Messe und der
heiligen Beichte obzuliegen. Auch die geistliche Zerknirschung und
Bußfertigkeit, welche den Vater Prielmayer ehedem an den Folgeta-
gen jener gedachten allzu feucht gefeierten Feste ergriffen hatte,
begann sich merklich abzuschwächen und wenn das graue Elend
ihn nicht schon bis in die Haarwurzeln gepackt hatte, so pflegten
ihn die frommen Ermahnungen seiner Gattin eher in einen Zustand
höchst unchristlicher Wut als in den einer demütigen Selbster-
kenntnis zu versetzen. An solchen Tagen ging es freilich ein wenig
ungemütlich zu in der Prielmayerischen Behausung, aber sonst –
wie schon gesagt – waren es ordentliche Leut' und die Frau besonders hielt die Ihrigen in strenger christlicher Zucht beisammen und
wußte alles in die rechten Wege zu leiten. Das Katherl war mit sieb-
zehn Jahren zu einem hübschen schlanken Ding herangewachsen,
dem schon der oder jener auf der Straße nicht ohne Vergnügen
nachzuschauen begann, und wenn es sich nur ein bißl hätte herum-
treiben dürfen wie die andern Mädeln seines Alters und Standes, so
hätte es gewiß schon in diesem jugendlichen Alter gute Freunde
gefunden, die es am Sonntag ausgeführt und ihm Bier und womög-
lich gar etwas Warmes dazu gezahlt hätten. Aber die Mutter dulde-

te das nicht. Katherl durfte nur in Begleitung der Eltern ausgehen und von den vierzig Mark, die es monatlich verdiente, durfte es nur ein Geringes für sich behalten, den größeren Teil mußte es in die Wirtschaftskasse abliefern.

Solches war nun freilich wenig nach Katherls Sinn; denn das Jüngferlein hatte bereits einen Blick getan in die feine Welt und die Sehnsucht nach einem besseren Leben, das aber nicht von *jener,* sondern ganz ausschließlich von *dieser* Welt war, saß ihm bereits fest in der Seele. Die Alten hatten nämlich ihre gegenwärtige Hausmeisterstelle bei dem schwer reichen Privatier und ehemaligen Bankmetzgermeister Kürberger schon an die fünfzehn Jahre lang inne, und das Fräulein Anna Kürberger, die älteste Tochter des Hauses, war, bis sie ins Institut gekommen, Katherls Spiel- und Schulkameradin gewesen. Auch jetzt noch verschmähte sie es nicht, sich mit der Hausmeisterstocher ein wenig gemein zu machen, wie es die Eltern nannten, die gar sehr auf Anstand und Bildung hielten. Und so war es denn eines Tags geschehen, daß sie dem Katherl, das ihr gerade hinter dem Haustor begegnete, freundlichst Rede und Antwort stand, als es ihre seine Toilette in Ausrufen hellen Entzückens bewunderte.

»Jessas, Freiln Anna, was raschelt denn allaweil a so bei an jeden Schritt, den's tun?«

»Das ist halt das seidne Futter und die Jupons.«

»A seidnes Futter habns? Oh mei!«

»Ja natürlich, Katherl.«

»Und gar an seidnen Schipongs! Was ist denn dös, a Schipongs, Freiln Anna? Möchtens net so gut sei und lasseten 's mir amal segn?«

»Ja, warum denn net? Da schau her, Katherl!«

Und das leutselige Fräulein Kürberger setzte den rechten Fuß, der in einem entzückenden Stiefelchen von grünem Saffianleder steckte, auf die unterste Marmorstufe des väterlichen Treppenhauses und hob den Saum ihres Promenadenkleides aus feinstem Damentuch ein wenig in die Höhe. Er war richtig mit hellbronzefarbener Seide gefüttert, und darunter kam ein Unterröckchen von feinster malvenfarbener Seide mit einer Spitzenkante und mehreren gefälteten Rüschen vom selben Stoff besetzt. Und das arme Katherl durfte diese Herrlichkeit nicht nur flüchtig schauen, sondern es durfte sogar den feinen Stoff des Gewandes mit Händen greifen und die Fingerspitzen über das unerhört vornehme Untergewand gleiten lassen.

Wie sich das anfühlte – und wie das raschelte! Es ging Katherl durch und durch. Sie hatte nur einmal ein ähnliches Gefühl empfunden, als sie im Volksgarten draußen auf der amerikanischen Luftseilbahn gefahren war. Also, ein »Schipongs« war ein Unterrock, ein Unterrock von feinster Seite! Und das sei gar nichts Besonderes, hatte das Fräulein Anna gesagt, denn ohne einen solchen könnte man nie ein schicksitzendes Kleid bekommen. Für eine Dame mit wollenen Unterröcken könnte eine anständige Schneiderin überhaupt nicht arbeiten. Und dann hatte sie das Kleid gelüpft und war duftend und raschelnd, anmutig sich in den Hüften wiegend und mit dem Rocke schwänzelnd, mit ihren grünen Saffianstiefelchen und schwarzseidenen Strümpfen und malvenfarbenen Unterröckchen die teppichbelegte väterliche Treppe hinangestiegen. Das arme Katherl hatte ihr mit großen Augen nachgestarrt, bis droben im ersten Stock die Tür hinter ihr zugeschlagen war. Und dann plötzlich hatte es sie, wie der Münchner sagt, gerissen, ganz buchstäblich gerissen. Wie mit Krallen ans Herz gepackt und auf die Marmorstufen niedergerissen hatte es sie, das schreckliche Gefühl ihrer garstigen Armseligkeit, der Neid und das lüsterne Verlangen nach der süß betäubenden Umschmeichelung jener ihr unerreichbar fernen feinen Welt. Ach, dort lohnte es sich wohl, ein hübsches junges Mädchen zu sein, auf schmalen, elastischen Stiefelsohlen durch das Leben zu tänzeln, ohne sich je zu beschmutzen, und durch das Linien- und Farbenspiel seiner schwebenden Gestalt, durch das sinnverwirrende Duften und heimlich lockende Rauschen aus Falten und Falbeln, Blonden und Rüschen Entzücken und Anbetung um sich zu verbreiten. Auf der Marmorstufe saß das Katherl und schlug sich mit seinen Fäusten auf die Knie, die ein altes braunes Wollkleid bedeckte. Und es fühlte mit Ingrimm den dicken gesteppten Unterrock hindurch, den ihm die Mutter unter den lächerlichsten Lobpreisungen zum letzten Christkindl beschert hatte. Das wäre ganz was Rares und so schön warm und gesund! Katherl hätte der

Mutter grad' die Zunge herausstrecken mögen, wenn sie just durch das Portal hereingetreten wäre, so giftete sie sich, und lieber hätte sie sich im härtesten Winter die Beine blau frieren mögen, als diesen Wulst noch länger um ihre schlanken Hüften dulden mit dem Bewußtsein, daß jede anständige Schneiderin sich weigern würde, ihr ein Kleid darüber anzumessen. Und Katherl drückte ihre Fäuste unbarmherzig in die Augenhöhlen, bis es sie schmerzte, um die Tränen der Wut, die da herauswollten, gewaltsam zu unterdrücken. Nun wußte sie die Hauptsache; nun hatte sich das Geheimnis der Eleganz für sie gelüftet. Was die Mutter wohl davon wußte! Pah! mit ihrem Beicht- und Messelaufen, mit ihrem Predigen von der Tugend und ihrer himmlischen Belohnung! Von der Tugend war überhaupt keine Rede. Katherl hatte gar nicht die Absicht, den Weg der Tugend, wie er für brave Mädeln vorgeschrieben ist, zu verlassen. Die Fräulein Anna war doch auch nicht lasterhaft; aber seidene Unterröcke muß man haben – natürlich! – hatte sie gesagt. Nur auf diesem Wege ließen sich die Tugend und das fesche Leben vereinigen.

Von dieser Stunde an ließ die brennende Begierde, einen seidenen Unterrock zu besitzen, dem Katherl bei Tag und Nacht keine Ruhe. Ihr höchstes Vergnügen war, sich bei den Ausgängen, die sie hin und wieder für ihr Geschäft machen mußte, einige Minuten abstehlen zu können, um sich an den Auslagen der Modegeschäfte in die Betrachtung der seidenen Unterkleider zu versenken. Diese schönen Dinge kosteten freilich Geld, aber nicht einmal so viel, als Katherl sich vorgestellt hatte. Und sie begann zu sparen. Sie versagte sich allerlei Ausgaben, die sie bisher von ihrem Taschengelde bestritten hatte und listete der Mutter durch allerhand kleine Schwindeleien hier ein Zehnerl, dort ein Markl ab. Im Sommer fing das Sparen an, und sie rechnete, das sie es doch mindestens bis zum Fasching zu einem seidenen Schipongs gebracht haben müßte.

Mit diesem Ideal im Herzen ertrug sie die immer wachsende Zänkischkeit der Mutter und die immer häufigeren Wutanfälle des Vaters mit stumpfer Gleichgültigkeit. Was war das für ein Leben! Sich abrackern und im Geschäft herumstoßen lassen für elende vierzig Mark im Monat, und daheim keinen Augenblick Ruhe vor allerlei Arbeit, die die jüngeren Geschwister ihr zumuteten, und keinen andern Dank dafür als harte Worte und die frommen Sprüche der Mutter; denn wenn die Mutter nicht gerade von der ewigen Seligkeit und den sichersten Mitteln, die armen Seelen aus dem Fegfeuer zu erlösen, redete, so führte sie nur böse Worte im Munde.

»Affiger Fratz, du! Stehst scho wieder vorm Spiegel? Geh weiter an dei Arbeit oder i hilf dir deine Zozeln brenna, daß d' glei moanst, der Fangerl hat di beim Schopf derwischt.« – »Wo bleibst jetzt wieder so lang? So, beim Kramer bist gewesen? Du lugst di no amal um die ewige Seligkeit, dös is gewiß. Nach die Mannsbülder hast g'schaut, g'speanzelt hast wie a verliabte Molln. Heilige Muatter Gottes, is dös a Gfrett mit so an Madl! Schau meine weißen Haar an, zum Zähln sans scho lang nimma! Dös is ganz alloa der Gram um dei schlampete Gruchlosigkeit. Du werst es no weit bringa auf dem Pfade des Lasters, du hoffärtige Lalln, du!«

Aber Katherl ließ alle diese lieblichen Redensarten mit Achselzucken über sich ergehen. Sie wußte es jetzt zu gewiß, daß sie ein hübsches Mädel war und bis zum Fasching einen seidenen Unterrock in ihrem Besitz haben würde. Das übrige mußte ihr dann alles von selbst zufallen, meinte sie. Aber sündhafte Gedanken hatte sie dabei nicht. Es war nicht wahr, daß sie so besonders keck nach den Männern schaute. Von den Burschen ihres Standes mochte sie nichts wissen und die feinen Herren, die kümmerten sich nicht um sie, denn sie machte noch eine gar zu schlechte Figur in ihrem armseligen Sonntagsstaat. Wenn sie erst einmal in Seide rascheln würde, dann war's noch Zeit genug, ihre Tugend zu beweisen. Vorderhand hatte sie das gar nicht nötig.

Aber Geduld gehörte dazu! Der Herbst wurde ihr gar lang und im Anfang des Winters, als schon die Sparkasse ganz hübsch schwer geworden war, hatte sie der Versuchung nicht widerstehen können und sich vorläufig einmal ein Paar feine schwarze Strümpfe gekauft, nur halbseiden freilich, aber sie glänzten doch wie echte. Die dicken, von der Mutter gestrickten Wollstrümpfe, die so unförmliche Beine machten, konnte sie nicht mehr ertragen. Das Bewußtsein, die unterste Grundlage der Feinheit wohlversteckt im Schubkasten liegen zu haben, richtete ihren durch die lange Geduldsprobe erschöpften Lebensmut wieder ein wenig auf. Oft, wenn sie vor so einer Auslage eines Konfektionsgeschäftes stand, betete sie voll Inbrunst: Heilige Mutter Gottes und liebe heilige

Katharina, laß doch jetzt einen Prinzen daherkommen, der zu mir sprechen tät': Gelt, Mädl, so ein' seidenen Schipongs, den möchtst jetzt haben? Geh her, ich schenk' dir einen.

Aber es kam kein Prinz und es mußte weiter gespart werden. – Das Glück war ihr günstig. Sie kriegte von ihrem Prinzipal im Geschäft ein besseres Christkindl, als sie erwartet hatte und auch ihre ehemalige Schulkameradin, das Fräulein Kürberger, schenkte ihr ganz unvermutet ein Fünfmarkstück zu Weihnachten. Da wußte sich das Katherl vor Seligkeit nicht zu lassen. Jetzt hatte sie auf einmal mehr, als sie brauchte, beisammen, und darum war sie außer sich vor Zorn über die vorgeschriebene Geschäftsruhe in den Weihnachtstagen, um deretwillen sie ihre Ungeduld noch achtundvierzig Stunden länger zügeln mußte. Aber am ersten Werktag nach dem Feste benutzte sie die erste Gelegenheit, in einem Ausverkauf zu bedeutend herabgesetzten Preisen einen seidenen Unterrock zu kaufen, der das höchste Ziel ihrer irdischen Sehnsucht durch mehr als sechs Monate hindurch gewesen. Sie wählte einen, der ihrer Ansicht nach sogar noch schöner war, als der von Fräulein Anna, nämlich einen lachsfarbenen! Und zu ein paar Meter Band und ein paar Federn, womit sie sich ihren Hut aufgarnieren konnte, blieb auch noch etwas übrig. Ein Paar neue Stiefel und eine Winterjacke, die ganz modern geschnitten war, wenn auch der Stoff nichts taugte, hatten ihr die Eltern beschert. Das Kleid vom vorigen Herbst war auch noch gut imstande. Katherl war glückselig und trällerte auf dem Heimweg unaufhörlich vor sich hin: »Dideldadl – elegant, dideldadl – fesch bei'nand!«

Aber wann sollte sie diese ganze überwältigende Herrlichkeit zur Schau tragen? Das war die Schwierigkeit. – Da kam der heilige Dreikönigstag, und der Vater verkündete den Seinen, daß er heuer das liebe fröhliche Fest mit der ganzen Familie auf dem Arzbergerkeller feiern wollte. Es gelang Katherl am Abend, während die Mutter ein paar Minuten hinausgegangen war, unbemerkt die halbseidenen Strümpfe und den ganz seidenen Schipongs anzuziehen. Vor den Augen der Mutter hätte sie das natürlich nie gewagt. Und wie sie dann mit dem neugarnierten Hut auf dem Kopf, die neuen Stiefel an den Füßen, die zerarbeiteten roten Hände in schwarze Glacés gezwängt, mit frisch gebrannten Stirnlocken und vor Aufregung geröteten Wangen in kecker Haltung zu den bereits harrenden Eltern in die Wohnstube trat, da verstummte im ersten Augenblick die ganze Familie vor Erstaunen, und dann ließen zunächst die jüngeren Schwestern Ausrufe des Entzückens vernehmen und die älteren Buben etliche derbe Sticheleien. Der Vater schmunzelte, zum erstenmal in seinem Leben eitel auf die hübsche Tochter, und nur die Mutter sagte nichts, sondern ließ einen strengen, bösen Blick langsam an Katherls zierlicher Gestalt hinuntergleiten. Plötzlich tat sie ein paar rasche Schritte auf sie zu und strich ihr mit der flachen Hand von den Hüften ab über das Kleid.

»Was is denn jetzt dös? Bist eppa narrisch worn, Katherl? Du hast ja koan Unterrock an, schämst di net! Willst dich mit Gwalt verkälten, eitler Fratz du? Obs d' glei gehst und dein gschteppten Unterrock anziagst!«

Katherl wurde ganz blaß und stammelte: »Was willst denn, Mutter, ich hab ja doch an' Unterrock an.«

»Dös is a Lug, dös wer'n ma glei segn!« schrie die Frau in hellem Zorn. Und sie bückte sich und hob der Tochter, trotzdem die erschrocken zurücksprang und sie mit den Händen abwehrte, das Gewand in die Höh', so daß der Lachsfarbene zum Vorschein kam. »Jessas!« schrien die vier Geschwister wie aus einem Munde und 's Katherl schrie auch: »Laß mich aus, Muatter, laß mich aus, obs d' mich glei auslaßt! Dös is mei Eigentum – und ich laß mich net behandeln wia a kloans Kind! Ich bin achtzehn Jahr alt!« Und dabei bemühte sie sich vergebens, ihr Kleid aus dem festen Griff der Mutter los zu bekommen.

»Ei wohl, achtzehn Jahre bist und schon so verdorbn! Do, Vater, do schaug her! Dös hast fein no net in der Näh gsegn, so a Ballettmadl! Pfui Deifi, sag i, du liaderlichs Weibsbüld du!«

»Vater, glaubs net, net wahr is! Ich hab' mir's von mein' Göld kauft, zsammgspart hab' i mir's. Ich bin allaweil brav gwesen, glaub' mir's, Vater – allaweil brav! I derf glei dot umfalln, wenn's net woahr is!«

Der Alte wußte nicht recht, was er sagen sollte. Da fuhr die Mutter mit einem Schwall von Worten über ihn her, daß dem armen Säckler und Taschner ganz wirr im Kopfe davon ward und endlich schrie er aus eitel Bedrängnis noch lauter als seine Frau die Tochter an: »Obs d' den Fetzen runter tust, dalkete Gans, du! Dös is a Schand für dö ganz Famülie und für die heiligen Dreikönige obendrein. Mit an solchenen Frauenzimmer sitz i mi net in Arzbergerkeller zu die Veteranenvrein nei. Aus meine Aug'n, Weibsbüld, oder i verfluach dich!«

Der Alte hatte zur Vorfeier der lieben heiligen drei Könige schon zur Vesper ein Maß mehr genossen, sonst wäre er zum Fluchen vermutlich nicht so aufgelegt gewesen.

Das Katherl trotzte und weinte, die Geschwister höhnten, die Mutter jammerte über soviel Sündhaftigkeit und Verderbtheit und der Vater stieß den Stock auf den Boden auf und schnaubte Wut in lächerlichen Grunzlauten. Aber da's Katherl sich hartnäckig weigerte, wieder in den garstigen Stepprock hineinzukriechen, so entschied endlich der Vater, daß es zur Strafe überhaupt nicht mit auf den Keller kommen dürfe. Dann zog die ganze Familie ab und der Vater sperrte die Tür von außen zu.

Da saß das Katherl gefangen und weinte, ohne sich auszukleiden, schier eine Stunde lang zum Gotterbarmen. Aber dann packte sie eine furchtbare Wut. Sie schlug mit den Fäusten gegen die Tür, warf im Zimmer alles durcheinander und probierte alle großen Schlüssel sämtlicher Wohnungstüren im Hause, die der Vater als Hausmeister bei sich aufbewahrte, an ihrer eigenen. Keiner wollte passen. Da riß sie mit raschem Entschlüsse das Fenster auf. Es war ja nicht hoch, ein ganz kleiner Sprung nur und sie stand im Hof – und dann durch das Vorderhaus und die Marmorstufen hinaus in die Freiheit.

Zuerst lief sie rasch, wie gehetzt, durch die Straßen, bis sie zum Zentrum der Stadt gelangte. Nun schritt sie ganz langsam, um wieder zu Atem zu kommen, die Neuhauser und die Kaufinger-Straße hinauf und dann ging sie unschlüssig ein paarmal im Kreis um die Mariensäule herum und dann wieder die Neuhauser und Kaufinger-Straße hinunter und blieb vor den noch offenen Läden stehen und schaute durch die Spiegelscheiben in die hellerleuchteten, qualmerfüllten Wirtsstuben hinein. Ein paarmal schon war sie angesprochen worden, aber sie hatte nicht darauf geachtet. Sie war dann nur schneller weiter geschritten, bis die Verfolger sie in Frieden ließen. Sie hatte Hunger. Gern wäre sie irgendwo eingekehrt, aber sie traute sich nicht so allein. Vor dem Varietétheater Monachia blieb sie lange stehen, betrachtete die Bilder in den Schaukästen und überlegte, ob sie nicht dahinein gehen sollte. Eine Mark und dreiundachtzig Pfennige hatte sie noch im Portemonnaie, und sie war nicht sicher, ob das genügen würde, um das Eintrittsgeld zu bezahlen und sich satt zu essen. Sie stieß einen tiefen Seufzer aus und schritt langsam weiter. Die Tränen wollten ihr schon wieder heraufsteigen und sie hatte Mühe, nicht laut heraus zu heulen.

Unter dem Karlstor bemerkte sie, daß jemand dicht hinter ihr ging. Sie beschleunigte ihre Schritte und bog in die Sonnenstraße ein. Jetzt hörte sie hinter sich flüstern: »Was läufst du denn so schnell, Kindchen?« Das war so eine weiche, angenehme Stimme gewesen, daß Katherl unwillkürlich stehen bleiben und sich danach umschauen mußte. Und wie der große elegante Herr das liebe unschuldige Gesichterl so ängstlich auf sich gerichtet sah, da zog er höflich den Hut und sagte in einem ganz andern Tone: »O, entschuldigen Sie, mein Fräulein, ich wollte Sie nicht belästigen, ich wollte ... ich wollte nur fragen, ob ich vielleicht die Ehre haben dürfte, Sie zu begleiten. Es ist um diese Zeit hier nicht ganz geheuer.«

»Wenn's mög'n,« platzte Katherl tief errötend heraus und dann setzte sie sich rasch wieder in Bewegung und lief so schnell, daß der fremde Herr schon recht lange Schritte machen mußte, um an ihrer Seite zu bleiben. Herrgott, wie ihr das Herz klopfte! Wenn sie nur nicht reden müßte, denn dann würde er es ja gleich merken, was sie für ein dummes Ding war und sie allein laufen lassen. Und es war doch so hübsch mit so einem feschen, jungen Herrn zu spazieren – denn fesch und jung war er, das hatte sie auf den ersten Blick gesehen. Er sprach zu ihr, aber sie verstand ihn kaum und antwortete ganz einsilbig, sie wußte selbst nicht was. Schließlich fragte er sie, ob sie schon zur Nacht gespeist habe und da fuhr es ihr ganz naiv heraus: »O, nein – und ich hab' doch an solchen Hunger! Meine Leut' san aufn Arzberger Keller, mich habns daheim einsperren woll'n; mir hab'n uns nämlich zerkriegt, wissens – da bin nachher ich hopla durchs Fenster naus!«

»Ah, bravo! das nenn' ich Schneid, kleines Fräulein! Und jetzt kommen Sie und teilen Sie mein bescheidenes warmes Abendbrot mit mir.« Damit zog er ihren Arm durch den seinen und führte sie in ein feines Weinrestaurant, wo in kleinen Nischen gespeist wurde.

Katherl machte gar keine Einwendungen. Sie war ganz benommen von der Neuheit des Abenteuers. Sie wollte durchaus nicht ablegen und genierte sich erst sogar, sich hinzusetzen. Mit großen glänzenden Augen schaute sie zu, wie ihr Kavalier seinen Hut an den Nagel hängte, seinen atlassenen Kragenschoner abband, den langen, hellen Winterpaletot, mit dem im Futter eingestickten Goldmonogramm, auszog und endlich die Galoschen von den Füßen streifte, unter denen lange, spitze Lackschuhe zum Vorschein kamen. Helle, karrierte Beinkleider trug der Kavalier und einen sehr langen Gehrock aus feinstem Tuch und einen sehr hohen Kragen und eine wundervolle seidene Krawatte mit einer kostbaren Nadel darin und eine weiße Weste und herrliche Manschetten, die mit goldenen, durch Kettchen verbundenen Knebeln zusammengehalten wurden. Und was er für große, schlanke, weiße Hände hatte, mit einem Siegelring auf dem Goldfinger und einem prachtvollen Brillantenringe am kleinen Finger! Das war zum mindesten ein Graf, höchstwahrscheinlich aber ein Prinz! Sie setzte sich erst, als der Graf oder der Prinz sich gleichfalls setzte, aber die neue Jacke wollte sie um keinen Preis ausziehen, denn die Taille darunter war doch wirklich zu gewöhnlich für einen solchen Herrn. Er legte ihr die Speisekarte vor, und völlig ratlos steckte sie ihr Naserl da hinein, denn Schweinswürstl und Kalbshaxen und Surrfleisch und alle die Leckerbissen des Kellers standen nicht darauf. So sagte sie denn schließlich: »Ah, wissens, bestellens nur, was Sie am liebsten essen mög'n.« O, und dann gab's feine Sachen! Sie wußte von keinem was es war, über gut schmeckte es, und dazu einen Wein, der in einem silbernen Eiskübel aufgetragen wurde. Und nicht nur ein so feines Gericht, sondern drei oder vier, so daß Katherl bald erschrocken abwehrte: »Aber bitt' Ihna, Herr Graf, so viel kann i ja gar nett essen. Es geht mir ja schon bis daher.«

»Warum nennen Sie mich denn immer Herr Graf, liebes Fräulein?« fragte der Kavalier.

»Ja, wie soll i denn sonst zu Ihna sag'n?«

»Ach, bitte, nennen Sie mich doch einfach James; ich heiße nämlich mit Vornamen James.«

»Also: Schehms. Den Namen hab' ich noch nie gehört. Sie sind a rechter lieber Herr, Herr Schehms.«

Katherl war warm geworden und hatte schließlich doch die Jacke aufknöpfen müssen. Aber ablegen tat sie sie um keinen Preis der Welt, auch nicht als Herr Schehms Schaumwein auftragen ließ.

Katherl hatte ihre liebe Not, nicht laut aufzuschreien: »Schampus! Do legst di nieder!« »Wahrhaftig einen richtigen Schampus!« jauchzte sie leise, und als der Kellner gegangen war, bückte sie sich schnell über die große, weiße Hand ihres Kavaliers und rieb ihre heiße Wange daran; es konnte es ja niemand sehen in dem Lokal. Und sie dachte bei sich: »Gewiß hat er's glei' g'merkt, daß i an seidnen Schipongs anhab', sonst wär' er net gar so liab mit mir.« Und wie es den Schampus getrunken hatte, da ward es dem Katherl so warm, so warm, daß es nicht mehr zum Aushalten war. Aber die Jacke wollte es doch nicht heruntertun, und drum blieb nichts anderes übrig, als wieder hinaus zu gehen in die frische Winternacht. Sie hakte sich zuversichtlich in seinen Arm ein und schmiegte sich zärtlich an ihn beim Gehen. Wohin er sie führte, wußte sie nicht, fragte auch gar nicht. Sie wußte nur, daß sie nun ganz, ganz glückselig war.

Am andern Morgen erwachte sie in einem fremden Bett und auf einem Stuhl neben dem schönen, welchen Bett lagen der lachsfarbene Schipongs und die halbseidenen Strümpfe. Katherl weinte sehr, als ihr alles klar wurde, aber es tröstete sie doch, daß der Lachsfarbene und die Halbseidenen dalagen, denn sonst hätte Herr Schehms sie ja für wer weiß was halten können! Und das tat Herr Schehms gewiß nicht, denn er sprach so gut zu ihr, ganz wie zu einer richtigen Dame, und tröstete sie so zärtlich und gab ihr die allerschönsten Namen. Und wie sie es ihm sagte, was ihr das Herz abdrückte und sie vor Angst bis ins Innerste erschauern machte, nämlich der Gedanke, jetzt zu ihren Eltern zurückzukehren, da nahm er sie in die Arme und streichelte ihr das Haar und sagte, sie sollte bei ihm bleiben, immer, und sein lieber, süßer, einziger Schatz sein und gar keine Angst mehr haben, vor nichts in der Welt.

Da war Katherl wieder ganz glücklich. – –

Es dauerte aber nicht lange, kaum etwas über vierzehn Tage. Da mußte Schehms – sie sagte jetzt nicht mehr Herr Schehms, sondern einfach Schehms – in wichtigen Geschäften in seine Heimat nach Norddeutschland reisen, und das Katherl konnte er nicht mitnehmen. Und als er ihr das offenbart hatte, ging Herr Schehms sehr schnell fort, denn er konnte seinen süßen Liebling nicht weinen sehen. – – –

Nun saß Katherl da. Er hatte ihr Geld gegeben, daß sie sich ein möbliertes Zimmerchen mieten sollte, aber das wollte sie nicht; nein, das tat sie nicht. So ganz allein sein und niemanden haben, niemanden auf der Welt – das konnte sie nicht! Lieber gleich ins Wasser. Aber das Wasser war so kalt und der Tod so grauslich und das Leben so schön, wenn man wie Katherl nicht nur einen seidnen Unterrock besaß, sondern auch alles andere vom Allerfeinsten, alles mit Seide gefüttert und mit Spitzen besetzt, daß man rascheln konnte, wie die wirklichen feinen Damen und sich nicht mehr zu schämen brauchte, im Restaurant das Jackett abzulegen. Mit all den schönen neuen Sachen konnte sie doch nicht ins Wasser gehen! Sie versuchte wieder in einem Geschäft Anstellung zu finden, aber in dem Aufzug, wie sie daher kam, wollte sie niemand nehmen; und zu ihren Eltern konnte sie um keinen Preis der Welt zurück. Der Vater hätte sie erst verflucht und dann vielleicht noch obendrein erschlagen, und die Mutter gar – der konnte sie um gar kein Geld wieder unter die Augen treten.

Aber schließlich kam es so. Die Polizei griff sie auf und brachte sie zu ihren Eltern zurück – und da gab's einen furchtbaren Auftritt. Der Vater schlug sie mit einem Stock und die Mutter malte sie so schwarz wie die Hölle und spie aus vor ihr. Und wie das Katherl aus Jammer und Schmerz wieder zu Worte kommen konnte, da wußte es zu seiner Rechtfertigung nicht anderes vorzubringen, als nur immer wieder: »Er hat ja so liab zu mir g'sprochen, so liab! Ach, Mutter, dös wennst g'hört hätt'st!«

O, das verworfne Kind! die schamlose Sünderin, nicht einmal Reue und Bußfertigkeit zeigte sie! Da jagten sie das Katherl wieder auf die Straße hinaus, und es verkroch sich in ein elendes Dachstüberl, das arme, verprügelte Ding. Und da pflegte es seinen zerschlagenen Leib, bis es wieder ganz frisch und gesund war, und dann zog es den seidenen lachsfarbenen Schipongs und alle die schönen Sachen vom verflossenen Schehms an und ging damit am Abend am Karlsplatz spazieren. – – –

Eines Tages begegnete es dem Fräulein Anna Kürberger auf der Straße und das Fräulein wandte sich rasch ab und schritt weiter, als hätte es die alte Schulkameradin nicht gesehen. Nun wußte das Katherl, woran es war – – und nun war ihm alles gleich. – –

Von da ab redete auch kein Kavalier mehr lieb und fein zu ihr. Es kam herunter und sank immer tiefer und tiefer. Armes Katherl! Warum jetzt das alles? Um einen seidenen Schipongs!

Über tredition

Eigenes Buch veröffentlichen

tredition wurde 2006 in Hamburg gegründet und hat seither mehrere tausend Buchtitel veröffentlicht. Autoren veröffentlichen in wenigen leichten Schritten gedruckte Bücher, e-Books und audio-Books. tredition hat das Ziel, die beste und fairste Veröffentlichungsmöglichkeit für Autoren zu bieten.

tredition wurde mit der Erkenntnis gegründet, dass nur etwa jedes 200. bei Verlagen eingereichte Manuskript veröffentlicht wird. Dabei hat jedes Buch seinen Markt, also seine Leser. tredition sorgt dafür, dass für jedes Buch die Leserschaft auch erreicht wird.

Im einzigartigen Literatur-Netzwerk von tredition bieten zahlreiche Literatur-Partner (das sind Lektoren, Übersetzer, Hörbuchsprecher und Illustratoren) ihre Dienstleistung an, um Manuskripte zu verbessern oder die Vielfalt zu erhöhen. Autoren vereinbaren direkt mit den Literatur-Partnern die Konditionen ihrer Zusammenarbeit und partizipieren gemeinsam am Erfolg des Buches.

Das gesamte Verlagsprogramm von tredition ist bei allen stationären Buchhandlungen und Online-Buchhändlern wie z. B. Amazon erhältlich. e-Books stehen bei den führenden Online-Portalen (z. B. iBookstore von Apple oder Kindle von Amazon) zum Verkauf.

Einfach leicht ein Buch veröffentlichen: **www.tredition.de**

Eigene Buchreihe oder eigenen Verlag gründen

Seit 2009 bietet tredition sein Verlagskonzept auch als sogenanntes "White-Label" an. Das bedeutet, dass andere Unternehmen, Institutionen und Personen risikofrei und unkompliziert selbst zum Herausgeber von Büchern und Buchreihen unter eigener Marke werden können. tredition übernimmt dabei das komplette Herstellungs- und Distributionsrisiko.

Zahlreiche Zeitschriften-, Zeitungs- und Buchverlage, Universitäten, Forschungseinrichtungen u.v.m. nutzen diese Dienstleistung von tredition, um unter eigener Marke ohne Risiko Bücher zu verlegen.

Alle Informationen im Internet: **www.tredition.de/fuer-verlage**

tredition wurde mit mehreren Innovationspreisen ausgezeichnet, u. a. mit dem Webfuture Award und dem Innovationspreis der Buch Digitale.

tredition ist Mitglied im Börsenverein des Deutschen Buchhandels.

Dieses Werk elektronisch lesen

Dieses Werk ist Teil der Gutenberg-DE Edition DVD. Diese enthält das komplette Archiv des Projekt Gutenberg-DE. Die DVD ist im Internet erhältlich auf **http://gutenbergshop.abc.de**

Zeitfracht Medien GmbH
Ferdinand-Jühlke-Straße 7
99095 Erfurt, Deutschland
produktsicherheit@kolibri360.de